UM LIMITE ENTRE NÓS

CARO LEITOR,

Bons livros têm o poder de nos transportar para outros mundos e realidades; a música muitas vezes também consegue o mesmo efeito. Pensando nisso, criamos uma playlist especial para acompanhar a leitura desta história tão marcante e que transborda emoção. Para ouvi-la, basta acessar: http://bit.ly/um-limite-entre-nos.
Curta-nos no facebook/unicaeditora e compartilhe conosco suas histórias!

Boa leitura!

A OBRA QUE INSPIROU O FILME VENCEDOR DE UM OSCAR

AUGUST WILSON

(VENCEDOR DO PRÊMIO PULITZER)

UM LIMITE ENTRE NÓS

VOCÊ PODE CONSTRUIR UMA CERCA PARA
AFASTAR OU UNIR UMA FAMÍLIA

Diretora
Rosely Boschini

Gerente Editorial
Carolina Rocha

Assistente Editorial
Natália Mori Marques

Controle de Produção
Karina Groschitz

Tradução
Leonardo Abramowicz

Preparação
Vânia Cavalcanti

Capa
Ronaldo Alves

Imagem da capa
nexus 7/Shutterstock

Projeto gráfico, Diagramação e Revisão
Know-how editorial

Impressão
Assahi Gráfica

Única é um selo da Editora Gente

Título original: *Fences*

Copyright © August Wilson, 1986

Introdução: Copyright © Lloyd Richards, 1985

Publicado mediante acordo com Plume, integrante do grupo Penguin (USA)

Todos os direitos desta edição são reservados à Editora Gente.

Rua Pedro Soares de Almeida, 114, São Paulo, SP – CEP 05029-030
Telefone: (11) 3670-2500
Site: http://www.editoragente.com.br
E-mail: gente@editoragente.com.br

Dados Internacionais de Catalogação na Publicação (CIP)
Angélica Ilacqua CRB-8/7057

Wilson, August
    Um limite entre nós : você pode construir uma cerca para afastar ou unir uma família / August Wilson ; prefácio de Samuel G. Freedman ; tradução de Leonardo Abramowicz. - São Paulo : Única, 2017.
    176 p.

    Bibliografia
    ISBN 978-85-9490-011-1
    Título original: Fences

1. Literatura norte-americana I. Título II. Abramowicz, Leonardo III. Freedman, Samuel G.

16-1579   CDD 813

Índice para catálogo sistemático:
1. Literatura norte-americana 813

Para Lloyd Richards,
que enriquece tudo o que toca.

SUMÁRIO

INTRODUÇÃO 9

HISTÓRIA DA PRODUÇÃO 13

    Personagens 15

O CENÁRIO 17

A PEÇA 19

PRIMEIRO ATO 23

    Cena 1 23

    Cena 2 53

    Cena 3 65

    Cena 4 83

SEGUNDO ATO 109
    Cena 1 109
    Cena 2 129
    Cena 3 137
    Cena 4 141
    Cena 5 155

INTRODUÇÃO

por **Lloyd Richards**

UM LIMITE ENTRE NÓS é a segunda principal peça de um poeta convertido em dramaturgo, August Wilson. Um dos contadores de histórias mais envolventes a escrever para o teatro em muitos anos, August Wilson assumiu a responsabilidade de narrar a saga do encontro dos escravos negros libertados com uma vigorosa e impiedosa América em crescimento, década por década. **UM LIMITE ENTRE NÓS** trata dos anos 1950 e de uma família negra tentando estabelecer raízes nas sujas colinas escorregadias de uma cidade industrial urbana americana, que poderia corretamente ser confundida com Pittsburgh, na Pensilvânia.

Chamar August Wilson de contador de histórias é colocá-lo lado a lado, ao mesmo tempo, dos antigos aristocratas da escrita dramática que se apresentavam diante das tribos e transformavam histórias orais, e com os dramaturgos modernos que em lendas atraentes têm um público cada vez mais fiel porque sabe que encontrou a si mesmo, suas preocupações e suas paixões, e se comoveu e se enriqueceu com a experiência. Em **UM LIMITE ENTRE NÓS**, August Wilson conta a história de quatro gerações de negros americanos e de como eles passaram um legado de costumes, comportamentos, atitudes e exemplos por meio de narrativas com e sem música.

Ele conta a história de Troy Maxson, nascido de um pai meeiro, que vivia frustrado pelo fato de que cada colheita o deixava ainda mais endividado. O pai sabia que era um fracasso e descontava isso em todos os que estavam ao redor, incluindo seu jovem filho, Troy, e suas esposas, que "o deixaram". Troy aprende a violência com ele, mas também aprende o valor do trabalho e o fato de que um homem assume a responsabilidade por sua família, não importando quão difíceis sejam as circunstâncias. Troy aprende o respeito por um lar, a importância de possuir uma terra e o valor de uma educação, pois ele não a tem.

Um excelente jogador de beisebol, Troy aprende que na terra da igualdade de oportunidades, as chances de um homem negro nem sempre são iguais, e que esse mesmo país que o privou, pediu o sacrifício de seu irmão na Segunda Guerra Mundial e o conseguiu. Metade da cabeça do irmão foi dilacerada e ele agora é um lindo homem desorientado e confuso. Ele aprende que deve lutar e obter as pequenas vitórias que – dada a sua vida – acabam assumindo a proporção de grandes triunfos. Aprende que, dia a dia e momento a momento, vive perto da morte e deve lutar com ela para sobreviver. Aprende que ter uma chance e agarrar um momento de beleza pode esfacelar o delicado tecido de um intrincado sistema de valores e deixá-lo desolado e sozinho. A força física e a força de vontade não são suficientes. O azar e a cor da pele, novamente um azar, podem fazer pender a balança. "Você tem que pegar as tortuosas junto com as retas".

Troy Maxson desfia narrativas, queixas e histórias para sua família e amigos nesse maravilhoso ambiente de uma era anterior à televisão e ao ar-condicionado em que a varanda dos fundos e o quintal se tornam as plataformas para alguns dos relatos mais emocionantes daquela época. A partir dessa plataforma e por meio de seu comportamento, ele transmite para toda a família os princípios da vida, que os familiares aceitam ou refutam pela maneira como escolheram viver suas próprias vidas.

Como é visto esse criminoso que já cumpriu a sua pena? O que se deve aprender com ele? O que deve ser aceito? O que deve ser passado adiante? Sua trajetória deve ser descartada ou homenageada? Esta é a história de **UM LIMITE ENTRE NÓS** e da cerca que construímos para deixar as coisas e as pessoas do lado de fora ou de dentro.

Lloyd Richards*
New Haven, Connecticut
6 de março de 1986

---

* Foi reitor da Escola de Drama de Yale e diretor artístico do Teatro de Repertório de Yale. Faleceu em 2006.

HISTÓRIA DA PRODUÇÃO

UM LIMITE ENTRE NÓS foi apresentada inicialmente como uma leitura encenada na Conferência Nacional de Dramaturgos de 1983, no Eugene O'Neill Theater Center.

UM LIMITE ENTRE NÓS estreou em 30 de abril de 1985, no Teatro de Repertório de Yale (Lloyd Richards, diretor artístico; Benjamin Mordecai, diretor administrativo) em New Haven, Connecticut. A direção foi de Lloyd Richards; a cenografia de James D. Sandefur; o figurino de Candice Donnelly; a iluminação de Danianne Mizzy; o diretor musical foi Dwight Andrews; o gerente de produção de palco, Joel Grynheim; o gerente de palco, Terrence J. Witter; e os responsáveis pelo elenco, Meg Simon e Fran Kumin.

Integravam o elenco:

TROY MAXSON	James Earl Jones
JIM BONO	Ray Aranha
ROSE	Mary Alice
LYONS	Charles Brown
GABRIEL	Russell Costen
CORY	Courtney B. Vance
RAYNELL	Cristal Coleman e LaJara Henderson (em atuações alternadas)

***

UM LIMITE ENTRE NÓS estreou em 26 de março de 1987, no 46th Street Theatre, na cidade de Nova York. A produção foi de Carole Shorenstein Hays, em associação com o Teatro de Repertório de Yale. A direção foi de Lloyd Richards; a cenografia de James D. Sandefur; o figurino de Candice Donnelly; a iluminação de Danianne Mizzy; o diretor musical foi Dwight Andrews; o gerente de produção de palco, Martin Gold; o gerente de palco, Terrence J. Witter; e os responsáveis pelo elenco, Meg Simon e Fran Kumin.

Integravam o elenco:

TROY MAXSON	James Earl Jones
JIM BONO	Ray Aranha
ROSE	Mary Alice
LYONS	Charles Brown
GABRIEL	Frankie R. Faison
CORY	Courtney B. Vance
RAYNELL	Karima Miller

Esta edição, primeiramente impressa em maio de 1987, reflete o texto definitivo de **UM LIMITE ENTRE NÓS**, conforme apresentado na Broadway.

PERSONAGENS

TROY MAXSON

JIM BONO, amigo de Troy

ROSE, esposa de Troy

LYONS, filho mais velho de Troy, do casamento anterior

GABRIEL, irmão de Troy

CORY, filho de Troy e Rose

RAYNELL, filha de Troy

O CENÁRIO

O cenário é o quintal na frente da única entrada para a casa Maxson, um antigo sobrado de tijolo atrás de um pequeno beco, em um bairro de uma grande cidade. A entrada da casa é alcançada por dois ou três degraus, levando a uma varanda de madeira precisando muito de pintura.

Um acréscimo relativamente recente à casa e ocupando toda a sua largura, a varanda não tem congruência. Trata-se de uma varanda robusta com um telhado plano. Uma ou duas cadeiras de valor duvidoso encontram-se em uma extremidade onde a janela da cozinha abre para a varanda. Uma antiquada geladeira portátil monta guarda silenciosamente na extremidade oposta.

O quintal é um pequeno pátio de terra, parcialmente cercado (exceto durante a última cena), com uma serra para madeira, uma pilha de tábuas e outros equipamentos para construção de uma cerca, colocados no canto. No lado oposto, há uma árvore em que está pendurada uma bola feita de trapos. Um bastão de beisebol encontra-se apoiado na árvore. Dois tambores de óleo servem como recipientes de lixo e ficam perto da casa à direita, completando o cenário.

A PEÇA

Perto da virada do século, os destituídos da Europa surgiram na cidade com garras tenazes e um sonho honesto e sólido. A cidade os devorava. Eles incharam o ventre dela até estourar em mil fornos de fundição e máquinas de costura, mil açougues e fornos de padaria, mil igrejas e hospitais e funerárias e agiotas. A cidade crescia. Ela se nutria e oferecia aos homens uma parceria limitada apenas pelo talento, astúcia e disposição e capacidade de cada um para o trabalho árduo. Para os imigrantes da Europa, um sonho audacioso tornou-se verdade.

Os descendentes de escravos africanos não receberam tal acolhida ou participação. Eles vieram de lugares chamados Carolinas e Virgínias, Geórgia, Alabama, Mississippi e Tennessee. Vieram fortes, ansiosos, buscando. A cidade os rejeitou e eles saíram e se estabeleceram ao longo das margens dos rios e debaixo de pontes em casas frágeis e precárias feitas de paus, papelão e fibra de vidro. Eles recolhiam trapos e madeira. Vendiam o uso de seus músculos e de seus corpos. Limpavam casas e lavavam roupas, engraxavam sapatos e, em desespero silencioso e orgulho vingativo, roubavam e viviam em busca de seu próprio sonho. De que poderiam respirar livres, finalmente, e ficar de pé para enfrentar a vida com a força da dignidade e qualquer eloquência a que o coração pudesse recorrer.

Em 1957, as vitórias duramente conquistadas dos imigrantes europeus solidificaram o poderio industrial dos Estados Unidos. A guerra havia sido enfrentada e vencida com novas energias que utilizavam a lealdade e o patriotismo como combustível. A vida era rica, plena e próspera. O Milwaukee Braves venceu o campeonato de beisebol e os ventos quentes da mudança que tornariam os anos 1960 uma década turbulenta, acelerada, perigosa e provocativa ainda não tinham começado a soprar completamente.

Quando os pecados de nossos pais nos visitam
Nós não precisamos servir de anfitriões
Nós podemos bani-los com perdão
Como Deus, em Sua Grandeza e Leis.
– AUGUST WILSON

PRIMEIRO ATO

CENA 1

ESTAMOS EM 1957. Troy e Bono entram no quintal conversando. Troy tem 53 anos, um homem grande com mãos grossas e pesadas; ele parece se esforçar para dar conta de toda essa grandeza e se acomodar com ela. Juntamente com a negritude, a grandeza evidencia as sensibilidades e as escolhas que fez em sua vida.

Dos dois homens, Bono é obviamente o seguidor. Seu compromisso com essa amizade de 30 e tantos anos está enraizado na admiração que tem pela honestidade, capacidade de trabalho duro e vigor de Troy, que Bono busca imitar.

É noite de sexta-feira, dia de pagamento, e aquela noite da semana em que os dois homens se engajam em um ritual de conversa e bebida. Troy é geralmente o mais falante e, por vezes, pode ser grosseiro e quase vulgar, embora seja capaz de se elevar a alturas profundas da expressão. Os homens carregam as marmitas e usam ou levam aventais de juta e estão vestidos com roupas adequadas para o trabalho como lixeiros.

BONO: Troy, você deveria parar com esta mentira!

TROY: Não estou mentindo! O crioulo[1] tinha uma melancia deste tamanho *(Indica com as mãos)*. Falando... "Que melancia, senhor Rand?". Não aguento de tanto rir! "Que melancia, senhor Rand?"... E ela logo ali, grande como a vida.

BONO: O que o senhor Rand disse?

TROY: Não disse nada. Pensando que se o crioulo era muito estúpido para saber que estava carregando uma melancia, ele não ia conseguir tirar dele nada que fizesse muito sentido. Tentando esconder aquela grande, enorme e velha melancia debaixo do casaco. Com

---

[1] Nota do Tradutor: Adotamos o termo "crioulo" como tradução para *"nigger"*. Embora não tendo o mesmo caráter ofensivo em português que a expressão original em inglês, procura-se estabelecer uma distinção no tom do tratamento entre negros e entre brancos e negros.

medo de deixar o homem branco vê-lo carregando ela para casa.

BONO: Sou como você... Não tenho tempo para esse tipo de gente.

TROY: E aí, ele ficou doido por ter visto o homem do sindicato falando com o senhor Rand?

BONO: Ele veio falar comigo sobre isso... "Maxson vai nos fazer perder o emprego". Eu disse a ele para sair de perto de mim com isso. Ele se afastou de mim chamando você de encrenqueiro. O que o senhor Rand disse?

TROY: Não disse nada. Ele me falou para ir ao escritório do encarregado na próxima sexta-feira. Eles me chamaram lá para falar com eles.

BONO: Bem, como você registrou sua queixa, eles não podem despedi-lo. Foi isso o que um dos camaradas brancos me disse.

TROY: Não estou preocupado em ser demitido. Eles vão me demitir porque eu fiz uma pergunta? Foi tudo o que eu fiz. Fui até o senhor Rand e perguntei, "Por quê? Por que você põe os brancos dirigindo e os negros carregando?". Eu disse, "Qual o problema, eu não conto? Você acha que só os camaradas brancos têm capacidade suficiente para dirigir um caminhão. Isso não é trabalho de escritório! Inferno, qualquer um pode dirigir um caminhão. Por que você tem todos os brancos dirigindo e os negros carregando?". Ele me disse, "Leve isso para o sindicato". Bem, porra, foi exatamente isso que eu fiz! Agora eles querem vir para cima com esse mundo de mentiras.

BONO: Eu disse a Brownie que se o homem viesse fazer qualquer pergunta... apenas diga a verdade! Isso não é nada mais do que algo que eles inventaram sobre você porque você apresentou uma queixa contra eles.

TROY: Brownie não entende nada. Tudo o que eu quero que eles façam é mudar a descrição do trabalho. Dar a todos uma chance de dirigir o caminhão. Brownie não consegue ver isso. Ele não vê muito sentido nisso.

BONO: Como você acha que ele está se saindo com aquela garota indo no Taylors' o tempo todo... aquela garota Alberta?

TROY: Da mesma forma que você e eu. Conseguindo o mesmo que a gente. Ou seja, nada.

BONO: Você acha, é? Imagino você se saindo um pouco melhor do que eu... e não estou dizendo o que estou fazendo.

TROY: Ah, crioulo, olha aqui... Conheço você. Se você conseguisse chegar perto dessa garota, vinte minutos depois, estaria procurando alguém para contar. E o primeiro para quem você contaria... para quem você se gabaria... seria eu.

BONO: Não estou dizendo isso. Vi que você anda olhando para ela.

TROY: Olho para todas as mulheres. Não perco nada. Nunca deixe ninguém te dizer que Troy Maxson não olha para as mulheres.

BONO: Você tem feito mais do que olhar para ela. Você pagou para ela uma bebida ou mais.

TROY: É isso aí, eu paguei uma bebida para ela! O que isso significa? Paguei uma para você também. Que importância tem pagar uma bebida para ela? Só estou sendo educado.

BONO: Tudo bem pagar uma bebida para ela. Isso é o que você chama de ser educado. Mas quando você quer pagar duas ou três... isso é o que você chama estar de olho nela.

TROY: Olha aqui, durante todo esse tempo que você me conhece... você alguma vez me viu perseguindo mulheres?

BONO: Claro que sim! Desde que eu conheço você. Você se esquece que te conheço faz tempo.

TROY: Não, estou falando desde que me casei com Rose.

BONO: Ah, não desde que você se casou com Rose. Agora, isso é verdade. Isso posso dizer.

TROY: Está bem, então! Caso encerrado.

BONO: Vi você rondando a casa de Alberta. Você deveria estar no Taylors' e fica andando por lá.

TROY: Você fica reparando onde estou indo? Eu não fico te vigiando.

BONO: Eu vi você andando por lá mais de uma vez.

TROY: Inferno, você é livre para me ver andando para qualquer lugar! Isso não significa nada só porque me vê andando por ali.

BONO: De onde ela veio, afinal? Ela só apareceu um dia.

TROY: Tallahassee. Só de olhar para ela, você pode dizer que ela é uma daquelas garotas da Flórida. Eles têm umas mulheres grandes e saudáveis por lá. Parece que brotam do chão. Tem um pouco de índio nela. A maioria dos crioulos da Flórida tem um pouco de índio neles.

BONO: Não sei nada sobre essa parte indígena. Mas ela com certeza é grande e saudável. A mulher usa umas meias compridas. Tem aquelas pernonas e quadris tão largos quanto o rio Mississippi.

TROY: Pernas não significam nada. Você não faz nada a não ser empurrá-las para fora do caminho. Mas aqueles quadris amortecem a cavalgada!

BONO: Troy, você não fala coisa com coisa.

TROY: É verdade! Como cavalgar sobre Goodyears!

(Rose entra vindo da casa. Ela é 10 anos mais nova que Troy. Sua devoção a ele decorre do reconhecimento das possibilidades de sua vida sem ele: uma sucessão de homens abusadores e os bebês que teria com eles, uma vida perambulando pelas ruas, na igreja, ou na solidão com sua dor e frustração. Ela reconhece a alma de Troy como boa e iluminada e ignora ou perdoa suas falhas; somente algumas ela reconhece. Embora ela não beba, sua presença é parte integrante dos rituais das noites de sexta-feira. Ela se alterna entre a varanda e a cozinha, onde os preparativos do jantar estão em andamento.)

ROSE: Sobre o que vocês estão falando aqui fora?

TROY: Por que você está preocupada com o que estamos falando? Isso é conversa de homens, mulher.

ROSE: Que me interessa o que vocês estão falando? Bono, você vai ficar para o jantar?

BONO: Não, obrigado, Rose. Mas Lucille diz que está cozinhando uma panela de pés de porco.

TROY: Pés de porco! Diacho, acho que vou para sua casa com você! Posso até mesmo passar a noite se você tem pés de porco. Você tem alguma coisa aí para colocar junto com os pés de porco, Rose?

ROSE: Estou cozinhando um pouco de frango. Eu tenho um pouco de frango e couve.

TROY: Bem, volte para casa e deixe eu e Bono terminarmos o que estávamos falando. Isso é conversa de homens. Tenho uma conversa para você mais tarde. Você sabe de que tipo de conversa eu estou falando. Vai lá e se prepara.

ROSE: Troy Maxson, não comece com isso agora!

TROY: *(Coloca o seu braço em volta dela)*. Ah, mulher... vem aqui. Olha aqui, Bono... quando conheci esta mulher... Saí daquele lugar, disse, "Engatar em meu pônei, selar a minha égua... existe uma mulher para mim em algum lugar. Olhei aqui. Olhei acolá. Vi Rose e agarrei-a". Eu a agarrei e lhe disse – vou te contar a verdade – eu disse a ela, "Baby, eu não quero me casar. Só quero ser o seu homem". Rose me disse... diga a ele o que você me disse, Rose.

ROSE: Disse que se ele não era do tipo que se casa, então que saísse do caminho para que um tipo que se casa pudesse me encontrar.

TROY: Isso é o que ela me disse. "Crioulo, você está no meu caminho. Está bloqueando a vista! Saia do caminho para que eu possa encontrar um marido para mim". Pensei nisso durante dois ou três dias. Voltei.

ROSE: Não teve nada de dois ou três dias. Você voltou na mesma noite.

TROY: Voltei, disse a ela... "Ok, baby... mas vou me comprar um galo de briga e colocá-lo lá fora no quintal... e quando ele vir um estranho chegando, vai bater as asas e cacarejar...". Olha aqui, Bono, eu podia vigiar a porta da frente sozinho... era com esta porta de trás que eu estava preocupado.

ROSE: Troy, você não devia falar assim. Troy não está fazendo nada mais do que contar uma mentira.

TROY: A única coisa é que… quando nos casamos… esquece o galo… nós não tínhamos nenhum quintal!

BONO: Estou entendendo. Eu e Lucille morávamos ali na Logan Street. Tinha dois quartos com o banheiro externo na parte de trás. Não me importo com banheiro nenhum. Mas quando aquele maldito vento sopra lá no inverno… é disso que estou falando! Até hoje me pergunto por que raios morei lá por seis longos anos. Mas veja, eu não sabia que poderia ter algo melhor. Eu achava que somente camaradas brancos tinham banheiros e coisas dentro de casa.

ROSE: Tem um monte de gente que não sabe que pode viver melhor do que está vivendo. Isso é algo que você simplesmente precisa aprender. Um monte de gente ainda faz compras na Bella's.

TROY: Não tem nada de errado em comprar na Bella's. Ela tem comida fresca.

ROSE: Eu não disse nada sobre se ela tem comida fresca. Estou falando sobre o que ela cobra. Ela cobra 10 centavos a mais que a A&P.

TROY: A A&P nunca fez nada por mim. Gasto meu dinheiro onde sou tratado direito. Vou até a

Bella e digo, "Eu preciso de um pedaço de pão; vou te pagar na sexta-feira". Ela me dá. Qual é o sentido de que, quando eu tenho dinheiro, vá gastar em outro lugar e ignore a pessoa que agiu direito comigo? Isso não está na Bíblia.

ROSE: Não estamos falando sobre o que está na Bíblia. Que sentido faz comprar ali quando ela cobra mais caro?

TROY: Você compra onde quiser. Faço minhas compras onde as pessoas são boas para mim.

ROSE: Bem, não acho que é certo ela cobrar a mais. Isso é tudo o que eu estava dizendo.

BONO: Olha aqui... Tenho que ir. Lucille deve estar doida da vida comigo.

TROY: Aonde você vai, crioulo? Nós ainda não terminamos este copo. Vem aqui terminar esta cerveja.

BONO: Bem, inferno, eu estou... se você ao menos parar de tomar conta da garrafa.

TROY: *(Entregando a garrafa).* A única coisa que digo sobre a A&P é que estou feliz que Cory tenha conseguido aquele emprego lá. Isso o ajuda a cuidar das roupas da escola e das coisas dele. Gabe se mudou e as coisas estão apertadas por aqui. Ele conseguiu aquele emprego... Ele pode começar a cuidar de si mesmo.

ROSE: Cory foi contratado por um time de futebol americano da faculdade.

TROY: Já falei a esse garoto sobre essas coisas de futebol. Os brancos não vão deixá-lo chegar a lugar nenhum com esse futebol americano. Disse da primeira vez que ele me veio com isso. Agora você vem me dizer que ele foi e ficou mais amarrado nisso. Ele devia ser contratado para consertar carros ou algo com que possa ganhar a vida.

ROSE: Ele não está falando em deixar de ganhar alguma coisa jogando futebol americano. É apenas uma coisa que os garotos fazem na escola. Eles vão mandar um recrutador para falar com você. Ele vai te dizer que não está falando em não ganhar a vida jogando futebol americano. É uma honra ser escolhido.

TROY: Isso não vai levá-lo a lugar nenhum. Bono vai te dizer isso.

BONO: Se ele for igual a você nos esportes... ele vai estar bem. Só conheço dois homens que jogavam beisebol tão bem quanto você: Babe

Ruth e Josh Gibson. Eles são os únicos dois homens que já rebateram mais *home runs*[2] do que você.

TROY: Aonde isso me levou? Não me trouxe um penico onde mijar e nem uma janela para jogar o mijo fora.

ROSE: Os tempos mudaram desde que você jogava beisebol, Troy. Isso foi antes da guerra. Os tempos mudaram muito depois disso.

TROY: Como diabos eles mudaram?

ROSE: Tem muitos garotos de cor jogando bola agora. No beisebol e no futebol americano.

BONO: Você está certa a esse respeito, Rose. Os tempos mudaram, Troy. Você simplesmente chegou cedo demais.

TROY: Nunca deveria ter existido tempo nenhum chamado cedo demais! Agora você pega aquele sujeito... quem era aquele sujeito que jogava na defesa pelo lado direito do campo para os Yankees naquela época? Você sabe de quem estou falando, Bono. Costumava jogar na direita pelos Yankees.

---

2 Nota do Tradutor: Expressão do beisebol para designar uma rebatida que possibilita ao rebatedor marcar um *run*, passando correndo pelas quatro bases sem a possibilidade de ser eliminado. Seria o equivalente a um gol no futebol.

ROSE: Selkirk?

TROY: Selkirk! É isso aí! O homem rebatia 0,269, entende? 0,269. Que sentido faz isso? Eu estava rebatendo 0,432 com 37 *home runs*! O homem rebatendo 0,269 e jogando no lado direito do campo para os Yankees! Vi a filha de Josh Gibson[3] ontem. Os sapatos dela estavam rasgados. Agora, aposto que a filha de Selkirk não anda por aí com sapatos rasgados! Aposto com você!

ROSE: Eles têm um monte de jogadores de cor no beisebol agora. Jackie Robinson foi o primeiro. Os rapazes tiveram que esperar por Jackie Robinson.

TROY: Já vi uma centena de crioulos jogando beisebol melhor do que Jackie Robinson. Diabos, conheço alguns times em que Jackie Robinson não conseguiria entrar! E você aí falando sobre Jackie Robinson? Jackie Robinson não era ninguém. Estou falando sobre se você podia jogar bola, então eles deveriam ter deixado você jogar. Não importa de que cor você fosse. Vem me dizer que cheguei

---

3 Nota do Tradutor: Famoso jogador negro de beisebol, conhecido nos anos 1930 como o Babe Ruth das ligas dos negros. Os números representam as médias de rebatidas de cada jogador (quantidade de rebatidas por arremesso).

cedo demais. Se você podia jogar... então eles deveriam ter deixado você jogar.

(Troy toma um longo trago da garrafa).

ROSE: Você vai beber até morrer. Você não precisa beber desse jeito.

TROY: A morte não é nada. Eu já a vi. Já lutei com ela. Você não pode me dizer nada sobre a morte. A morte não é nada além de uma bola rápida no canto externo da base[4]. E você sabe o que faço com isso! Olha aqui, Bono... estou mentindo? Você pega uma dessas bolas rápidas, quase da altura da cintura, no canto externo da base onde você pode acertar com a parte grossa do bastão... e bom Deus! Você dá um beijo e adeus. Agora, estou mentindo?

BONO: Não, você está dizendo a verdade aí. Eu vi você fazer isso.

TROY: Se estou mentindo... essa mentira é do tamanho de 150 metros! *(Pausa)* Isso é tudo o que a morte significa para mim. Uma bola rápida no canto externo.

---

4   Nota do Tradutor: Posição ideal da bola arremessada no beisebol para rebater um *home run*.

ROSE: Não sei por que você quer ficar falando sobre a morte.

TROY: Não há nada de errado em falar sobre a morte. Ela faz parte da vida. Todo mundo vai morrer. Você vai morrer. Eu vou morrer. Bono vai morrer. Inferno, todos nós vamos morrer.

ROSE: Mas você não precisa falar sobre isso. Não gosto de falar sobre isso.

TROY: Foi você que trouxe esse assunto. Eu e Bono estávamos falando de beisebol... você que disse que vou beber até morrer. Não é verdade, Bono? Você sabe que bebo assim apenas uma noite por semana. Na sexta-feira à noite. Bebo só o tanto que consigo aguentar. Aí eu paro. Deixo quieto. Então, não se preocupe comigo bebendo até morrer. Porque não estou preocupado com a morte. Eu já a vi. Lutei com ela.

Olha aqui, Bono... Olhei para cima um dia e a morte estava marchando direto para mim. Como os soldados em uma parada militar! O exército da morte estava marchando direto em minha direção. Em meados de julho de 1941. Estava realmente frio como se fosse o inverno. Parece que a própria morte estendeu a mão e me tocou no ombro. Ela me toca exatamente como eu toco você. Fiquei frio como gelo e a morte lá em pé, sorrindo para mim.

ROSE: Troy, por que você não para com essa conversa?

TROY: Eu digo... O que você quer, senhora Morte? Você quer a mim? Você trouxe o seu exército para me pegar? Olhei a morte no olho. Não estava temendo nada. Eu estava pronto para lutar. Exatamente como estou pronto para lutar agora. A Bíblia diz para ser sempre vigilante. É por isso que não fico tão bêbado. Tenho que me manter vigilante.

ROSE: Troy foi parar naquele Hospital Mercy. Você lembra que ele teve pneumonia? Deitado ali com febre, falando coisas totalmente sem sentido.

TROY: A morte lá em pé, olhando para mim... carregando aquela foice em sua mão. Finalmente, ela disse, "Você quer ficar em liberdade condicional por mais um ano?". Veja, exatamente assim... "Você quer ficar em liberdade condicional por mais um ano?". Eu disse, "Em liberdade condicional, o cacete! Vamos resolver isso agora!".

Parece que ela meio que caiu para trás quando eu disse isso, e todo o frio saiu de mim. Eu me abaixei e peguei aquela foice e joguei o mais longe que pude... e eu e ela começamos a lutar.

Nós lutamos por três dias e três noites. Não sei dizer onde encontrei a força para isso. Toda vez que parecia que ela ia tirar o melhor de mim, eu procurava bem no fundo de mim mesmo e encontrava a força para atacá-la mais uma vez.

ROSE: Toda vez que Troy conta essa história, ele encontra maneiras diferentes de contá-la. Coisas diferentes que inventa sobre isso.

TROY: Não estou inventando nada. Estou contando os fatos como aconteceram. Lutei com a morte por três dias e três noites e estou de pé aqui para contar a vocês sobre isso. *(Pausa)* Tudo bem. No final da terceira noite, nós enfraquecemos um ao outro a um ponto em que mal podíamos nos mover. A morte levantou-se, vestiu a sua túnica... ela tinha uma túnica branca com um capuz na parte de cima. Ela colocou a túnica e saiu para procurar sua foice. Ela disse, "Eu voltarei". Exatamente assim. "Eu voltarei". Eu disse a ela, "Sim, mas... você terá que me encontrar!". Eu não era nenhum idiota. Eu não ia ficar procurando por ela. Não se deve brincar com a morte. E sei que ela vai me

40

pegar. Sei que devo me juntar ao exército dela... os seguidores dela. Mas enquanto eu tiver forças e vê-la chegando... enquanto eu mantiver a minha vigilância... ela vai ter de lutar para me pegar. Eu não vou fácil.

BONO: Bem, olha aqui; já que você mantém a sua vigilância... passe-me a garrafa.

TROY: Ah, inferno, eu não devia ter contado essa parte para você. Eu devia ter deixado de fora esta parte.

ROSE: Troy vem falando sobre isso e em metade do tempo ele nem mesmo sabe sobre o que está falando.

TROY: O Bono me conhece muito bem.

BONO: Isso mesmo. Conheço você. Sei que você tem um pouco do tio Remus[5] em seu sangue. Você tem mais histórias do que o diabo tem pecadores.

TROY: Ah, inferno, eu também o vi! Já falei com o diabo.

ROSE: Troy, ninguém quer ficar ouvindo essas coisas.

---

5 Nota do Tradutor: Personagem e narrador fictício de uma coleção de histórias folclóricas afro-americanas adaptadas e compiladas por Joel Chandler Harris (1848–1908).

(Lyons entra no quintal vindo da rua. Tem 34 anos, é filho de Troy de um casamento anterior, ostenta um cavanhaque perfeitamente aparado, veste casaco esporte e camisa branca, sem gravata e abotoada no colarinho. Embora se considere um músico, está mais envolvido com os rituais e a "ideia" de ser um músico do que fazendo música realmente. Veio pedir dinheiro emprestado a Troy e, embora saiba que será bem-sucedido, receia que o seu estilo de vida vá ser minuciosamente examinado e ridicularizado).

LYONS: Ei, pai.

TROY: O que você quer de mim com esse "ei, pai"?

LYONS: Como vai, Rose? *(Ele a beija)* Senhor Bono. Como vai?

BONO: Ei, Lyons... como tem passado?

TROY: Ele deve estar indo bem. Não o vi por aqui na semana passada.

ROSE: Troy, deixa o seu filho em paz. Ele vem te ver e você começa com todo esse absurdo.

TROY: Não estou incomodando Lyons *(Oferece-lhe a garrafa)*. Aqui, dê um gole. Nós nos entendemos. Sei por que ele vem me ver e ele sabe que eu sei.

LYONS: Dá um tempo, pai... só passei para dizer oi... ver como você está.

TROY: Você não deu uma passada ontem.

ROSE: Você vai ficar para o jantar, Lyons? Tenho um pouco de frango assando no forno.

LYONS: Não, Rose... obrigado. Eu estava na vizinhança e pensei em passar aqui por um minuto.

TROY: Você estava na vizinhança coisa nenhuma, crioulo. Diz aí a verdade. Você estava na vizinhança porque é meu dia de pagamento.

LYONS: Bem, diabos, já que você mencionou isso... você pode me dar U$ 10?

TROY: Vou ser amaldiçoado! Vou morrer e vou para o inferno jogar 21 com o diabo antes de te dar U$ 10.

BONO: É isso que eu gostaria de saber... esse diabo que você viu.

LYONS: O quê?... O pai já viu o diabo? Você é da hora, pai.

TROY: Sim, eu já o vi. Falei com ele também!

ROSE: Você não viu o diabo coisa nenhuma. Já te disse que aquele homem não tinha nada a ver com o diabo. Qualquer coisa que não consegue entender, você logo quer chamar de diabo.

TROY: Olha aqui, Bono... Fui lá ver o Hertzberger a respeito de alguns móveis. Compre três quartos por dois-noventa e oito. É o que diz no rádio. "Três quartos... dois-noventa e oito". Até fizeram uma pequena canção sobre isso. Fui lá... o homem me diz que não posso comprar a crédito. Trabalho todos os dias e não posso comprar a crédito. O que fazer? Tenho uma casa vazia com alguns móveis quebrados dentro dela. Cory não tem cama nenhuma. Ele dorme sobre uma pilha de trapos no chão. Trabalho todos os dias e não posso comprar a crédito. Volto para aqui – Rose pode contar – louco de raiva. Sento... tento pensar no que vou fazer. Ouço uma batida na porta. Moro aqui há apenas três dias. Quem é que sabe que estou aqui? Abro a porta... o diabo parado ali em carne e osso. Um camarada branco... vestindo boas roupas e tudo o mais. Parado ali com uma prancheta na mão. Não tive que falar nada. As primeiras palavras que saíram de sua boca foram... "Sei que você precisa de alguns móveis e não consegue obter crédito". Quase caí para trás. Ele diz, "Eu lhe darei todo o crédito que você quiser, mas você terá de pagar juros". Eu disse a ele: "Dê-me o valor para comprar móveis para três quartos e cobra o que você quiser".

No dia seguinte, um caminhão parou aqui e dois homens descarregaram móveis para três quartos. O homem que dirigiu o caminhão me deu um carnê. Disse para enviar U$ 10 no primeiro dia de cada mês para o endereço no carnê e tudo estaria bem. Disse que se eu perder um pagamento o diabo voltaria aqui e que será um inferno para pagar. Isso foi há 15 anos. Até hoje... no primeiro dia do mês, envio meus U$ 10, Rose pode confirmar.

ROSE: Troy está mentindo.

TROY: Nunca mais vi esse homem desde então. Agora vocês me digam quem mais poderia ser se não o diabo? Não vendi minha alma ou nada assim, entendem? Não, eu não teria feito uma troca com o diabo sobre nada assim. Consegui meus móveis e pago meus U$ 10 no primeiro dia de cada mês, como um relógio.

BONO: Quanto tempo você diz que vem pagando esses U$ 10 por mês?

TROY: Quinze anos!

BONO: Inferno, você não terminou de pagar ainda? Quanto o homem cobrou de você?

TROY: Ah, inferno, já paguei os móveis. Já paguei por eles 10 vezes! O fato é que estou com medo de parar de pagar.

ROSE: Troy está mentindo. Conseguimos esses móveis com o senhor Glickman. Ele não está pagando carnê nenhum de U$ 10 por mês a ninguém.

TROY: Ah, inferno, mulher! Bono sabe que não sou tão tolo assim.

LYONS: Eu estava me preparando para dizer... sei onde tem uma ponte à venda.

TROY: Olha aqui, vou dizer isso a vocês... não me importa se ele era o diabo. Não importa se o diabo dá crédito. Alguém tem que dar.

ROSE: Deveria se importar. Você fica por aí falando sobre fazer uma troca com o diabo... Deus é a quem você terá de responder. Ele é que estará lá no Juízo Final.

LYONS: Sim, bem, olha aqui, pai... me dê aqueles U$ 10. Devolvo para você. Bonnie conseguiu um emprego no hospital.

TROY: O que eu te digo, Bono? A única vez que vejo esse crioulo é quando ele quer algo. É a única vez que eu o vejo.

LYONS: Que é isso, pai, o senhor Bono não precisa ouvir nada disso. Dê-me os U$ 10. Já te disse que Bonnie está trabalhando.

TROY: O que isso significa para mim, "Bonnie está trabalhando"? Não me importo se ela está trabalhando. Vá pedir a ela os U$ 10 se ela está trabalhando. Falando sobre "Bonnie está trabalhando", por que você não está trabalhando?

LYONS: Ah, pai, você sabe que não consigo encontrar um emprego decente. Onde vou conseguir um emprego? Você sabe que não consigo emprego nenhum.

TROY: Eu te disse que conheço algumas pessoas por aí. Posso conseguir para você no departamento de lixo se você quiser trabalhar. Já te disse isso da última vez que você veio aqui me pedir alguma coisa.

LYONS: Não, pai... obrigado. Isso não é para mim. Não quero carregar o lixo de ninguém. Não quero bater nenhum relógio de ponto.

TROY: Qual é o problema, você é bom demais para carregar o lixo das pessoas? De onde pensa que vêm esses U$ 10 que você está pedindo? Tenho que carregar o lixo das pessoas e dar meu dinheiro para você porque você tem preguiça para trabalhar. Você é preguiçoso demais para trabalhar e quer saber por que não tem o que eu tenho.

ROSE: Em que hospital Bonnie está trabalhando? No Mercy?

LYONS: Ela está no Passavant, trabalhando na lavanderia.

TROY: Não tenho nada com isso. Eu te dou esses U$ 10 e tenho que comer feijão pelo resto da semana. Não... você não vai conseguir nenhum dinheiro aqui.

LYONS: Você não tem que ficar comendo feijão coisa nenhuma. Não sei por que você diz isso.

TROY: Não tenho nenhum dinheiro extra. Gabe mudou-se para a casa da Sra. Pearl pagando aluguel para ela, e as coisas ficaram apertadas por aqui. Não posso me dar ao luxo de te dar dinheiro todo dia de pagamento.

LYONS: Não pedi para você me dar nada. Pedi para me emprestar U$ 10. Sei que você tem U$ 10.

TROY: Sim, eu tenho. Você sabe por que eu tenho? Porque não fico jogando o meu dinheiro por aí nas ruas. Você tem essa vida maluca... quer ser um músico... correndo pelos clubes e coisas assim... então, aprenda a cuidar de si mesmo. Você não vai me encontrar por aí pedindo nada a ninguém. Já vivi muitos anos sem precisar disso.

LYONS: Você e eu somos duas pessoas diferentes, pai.

TROY: Aprendi com meus erros e aprendi a fazer o que é certo. Você ainda está tentando conseguir alguma coisa em troca de nada. A vida não te deve nada. Você é que deve para si mesmo. Pergunte ao Bono. Ele vai te dizer que estou certo.

LYONS: Você tem o seu jeito de lidar com o mundo... eu tenho o meu. A única coisa que importa para mim é a música.

TROY: É, estou vendo! Não importa como você vai comer... de onde vem o seu próximo dólar. Nisso você está dizendo a verdade.

LYONS: Sei que preciso comer. Mas também preciso viver. Preciso de alguma coisa que me ajude a levantar da cama de manhã. Que me faça sentir que pertenço ao mundo. Não incomodo ninguém. Apenas fico com a minha música porque esta é a única maneira que consigo encontrar para viver no mundo. Caso contrário, não adianta dizer o que eu deveria fazer. Agora, não chego criticando você e a forma como você vive. Só passei para te pedir U$ 10. Não quero ouvir tudo isso sobre a forma como vivo.

TROY: Rapaz, sua mãe fez um belo trabalho criando você.

LYONS: Você não pode me mudar, pai. Tenho 34 anos. Se você queria me mudar, deveria ter estado lá enquanto eu crescia. Passo para te ver... pedir U$ 10 e você quer falar sobre como fui criado. Você não sabe nada sobre como fui criado.

ROSE: Dê os U$ 10 para o menino, Troy.

TROY: *(Para Lyons)* Por que diabos você está me olhando? Não tenho U$ 10. Você sabe o que faço com o meu dinheiro. *(Para Rose)* Dê a ele U$ 10, se é o que você quer.

ROSE: Eu darei. Assim que você me entregar.

TROY: *(Entregando a Rose o dinheiro).* Aqui está: U$ 76,42. Você vê isso, Bono? Agora só vou conseguir 6 de volta.

ROSE: Você deveria parar de contar essa mentira. Aqui está, Lyons *(Ela entrega o dinheiro).*

LYONS: Obrigado, Rose. Olha... tenho que correr... vejo vocês depois.

TROY: Espera um minuto. Você vai dizer "Obrigado, Rose" e não vai procurar para ver de onde ela tirou esses U$ 10? Vê como eles fazem comigo, Bono?

LYONS: Sei que ela pegou de você, pai. Obrigado. Devolvo a você.

TROY: Lá vai ele dizendo outra mentira. Vai levar tempo para eu ver esses U$ 10... ele me deve outros 30.

LYONS: Até logo, senhor Bono.

BONO: Se cuida, Lyons!

LYONS: Obrigado, pai. Te vejo depois.

(Lyons sai do quintal).

TROY: Não sei por que ele nao consegue um emprego decente e cuida da mulher que ele tem.

BONO: Ele vai ficar bem, Troy. O garoto ainda é jovem.

TROY: O garoto tem 34 anos.

ROSE: Não vamos começar a discutir isso.

BONO: Olha aqui... tenho que ir. Tenho mesmo que ir embora. Lucille está esperando.

TROY: *(Coloca seu braço em volta de Rose).* Vê essa mulher, Bono? Amo essa mulher. Amo tanto essa mulher que chega a doer. Eu a amo muito... Esgotei as maneiras de amá-la. Então tive de voltar ao básico. Não passe em minha casa segunda-feira de manhã dizendo que está na hora de ir trabalhar... porque ainda vamos estar nos acariciando!

ROSE: Troy! Pare já com isso!

BONO: Não estou prestando atenção nele, Rose. Isso é conversa de quem bebeu um pouco a mais. Vá em frente, Troy. Vejo você na segunda-feira.

TROY: Não passe pela minha casa, crioulo! Já te disse o que estarei fazendo.

(As luzes vão se apagando).

CENA 2

As luzes se acendem com Rose pendurando roupas no varal. Ela cantarola suavemente consigo mesma. É na manhã seguinte.

ROSE: *(Cantando).*

Jesus, seja uma cerca ao meu redor todos os dias.

Jesus, eu quero que você me proteja enquanto sigo pelo meu caminho.

Jesus, seja uma cerca ao meu redor todos os dias.

(Troy entra vindo da casa).

Jesus, eu quero que você me proteja enquanto sigo pelo meu caminho.

ROSE: *(Para Troy)*. Bom dia. Está pronto para o café da manhã? Posso preparar assim que terminar de pendurar essas roupas?

TROY: Já tomei café. Não se preocupe.

ROSE: Deu o 651 ontem. É a segunda vez neste mês. A senhora Pearl ganhou um dólar... parece que os que precisam menos sempre têm sorte. Os pobres coitados nunca conseguem nada.

TROY: Os números não conhecem ninguém. Não sei por que você se engana com eles. Você e Lyons.

ROSE: É algo para fazer.

TROY: Você não faz nada mais do que jogar seu dinheiro fora.

ROSE: Troy, você sabe que não jogo como louca. Só jogo um níquel aqui e um níquel lá.

TROY: São dois níqueis que você jogou fora.

ROSE: Mas acerto às vezes... isso compensa o valor jogado. Sempre vem a calhar quando acerto. Não ouço você reclamando quando ganho.

TROY: Não estou reclamando agora. Apenas digo que é tolice. Tentar adivinhar de 600 números qual deles virá. Se eu tivesse todo o dinheiro que os crioulos, esses negros, jogam fora nos números em uma semana – apenas uma semana – eu seria um homem rico.

ROSE: Bem, você desejando e chamando isso de tolice não vai impedir as pessoas de jogar nos números. Com certeza. Além disso... algumas coisas boas acontecem de jogar nos números. Veja o Pope; ele comprou aquele restaurante com os números.

TROY: Não suporto crioulos assim. O cara não consegue juntar duas moedas de 10 centavos. Fica andando por aí gastando a sola do sapato esmolando dinheiro para comprar cigarros. Tudo bem. Boa sorte lá e acerte nos números...

ROSE: Troy, sei disso tudo.

TROY: Teve bom senso, eu diria isso dele. Ele não jogou o dinheiro dele fora. Tenho visto crioulos acertarem nos números e gastarem U$ 2 mil em quatro dias. O homem comprou um restaurante... deu uma boa arrumada... e, então, não queria que ninguém entrasse nele! Um negro entra lá e não consegue nenhum tipo de atendimento. Vi um cara

55

branco entrar lá e pedir um prato de guisado. Pope pegou toda a carne da panela para ele. O homem só pediu um prato de guisado! O negro vem depois dele e não consegue nada a não ser batatas e cenouras. Falando sobre o que os números fazem para as pessoas, você escolheu um exemplo errado. Não fez nada a não ser torná-lo um tolo pior do que era antes.

ROSE: Troy, você deveria parar de se preocupar com o que aconteceu no trabalho ontem.

TROY: Não estou preocupado. Ele apenas me disse para ir até o escritório do encarregado na sexta-feira. Todos acham que vão me demitir. Não estou preocupado que vão me demitir. Você não precisa se preocupar com isso *(Pausa)*. Onde está Cory? Cory está em casa? *(Chama)* Cory?

ROSE: Ele saiu.

TROY: Saiu, é? Ele saiu porque sabe que quero a ajuda dele com esta cerca. Sei como ele é. Aquele garoto tem medo de trabalho.

(Gabriel entra. Ele vem até a metade do beco e, ao ouvir a voz de Troy, para).

Ele nunca trabalhou na vida.

ROSE: Ele teve que ir para o treino de futebol americano. O treinador quer que ele treine um pouco mais antes do início da temporada.

TROY: Vi o treino dele... correr daqui antes de terminar as tarefas dele.

ROSE: Troy, o que tem de errado com você esta manhã? Nada está certo para você. Volte lá para dentro e vá para a cama... levante pelo outro lado.

TROY: Por que algo tem que estar errado comigo? Não tem nada de errado comigo.

ROSE: Você está reclamando de tudo. Primeiro são os números... depois é o jeito como o homem dirige o próprio restaurante... depois implicou com Cory. O que vai ser em seguida? Dá uma olhada lá para cima e veja se o tempo está adequado para você... ou vai reclamar sobre como vai construir a cerca com as roupas penduradas no quintal?

TROY: Você acertou em cheio.

ROSE: Conheço você como a palma da minha mão. Entra lá e pega um pouco de café... vê se isso te endireita. Porque você não está nada bem esta manhã.

(Troy começa a entrar em casa e vê Gabriel. Gabriel começa a cantar. Irmão de

Troy, ele é sete anos mais novo do que Troy. Ferido na Segunda Guerra Mundial, ele tem uma placa de metal na cabeça. Ele carrega uma velha corneta amarrada na cintura e acredita, com todas as forças, que é o arcanjo Gabriel. Ele carrega uma cesta toda rasgada com uma variedade de frutas e legumes descartados que pegou na região do mercado central e que tenta vender).

GABRIEL: *(Cantando).*

    Sim senhora, eu tenho ameixas

    Você me pergunta como as vendo

    Oh, 10 centavos cada

    Três por um quarto

    Venha e compre agora

    Porque estou aqui hoje

    E amanhã terei ido embora.

(Rose entra).

GABRIEL: Ei, Rose!

ROSE: Como você está, Gabe?

GABRIEL: Esse é o Troy... Ei, Troy!

TROY: Ei, Gabe.

(Troy sai para a cozinha).

ROSE: *(Para Gabriel).* O que você tem aí?

GABRIEL: Você sabe o que eu tenho, Rose. Tenho frutas e vegetais.

ROSE: *(Olhando na cesta).* Onde estão todas aquelas ameixas de que você está falando?

GABRIEL: Não tenho ameixas hoje, Rose. Eu estava apenas cantando. Tem um pouco amanhã. Faça um pedido grande de ameixas. Tem ameixas suficientes amanhã para São Pedro e todo mundo.

(Troy volta da cozinha e atravessa até os degraus).

GABRIEL: *(Para Rose).* Troy está bravo comigo.

TROY: Não estou bravo com você. Por que estaria bravo com você? Você não fez nada para mim.

GABRIEL: Eu só me mudei para a casa da senhora Pearl para me manter fora de seu caminho. Não pretendia causar nenhum mal com isso.

TROY: Quem disse alguma coisa sobre isso? Eu não disse nada sobre isso.

GABRIEL: Você não está bravo comigo, está?

TROY: Não... Não estou bravo com você, Gabe. Se eu estivesse bravo com você, eu falaria com você.

GABRIEL: Eu tenho dois quartos. No porão. Tenho minha própria porta também. Quer ver minha chave? *(Ele mostra uma chave)* Esta é a minha própria chave! Ninguém mais tem uma chave igual a essa. Essa é a minha chave! Meus dois quartos!

TROY: Bem, isso é bom, Gabe. Você tem a sua própria chave... isso é bom.

ROSE: Você está com fome, Gabe? Eu estava indo fazer o café da manhã de Troy.

GABRIEL: Vou pegar alguns biscoitos. Você tem alguns biscoitos? Você sabia que quando eu estava no Céu... todas as manhãs eu e São Pedro nos sentávamos junto ao Portão e comíamos biscoitos deliciosos? Ah, sim! Era muito bom. Sentávamos ali e comíamos os biscoitos e, então, São Pedro saía para dormir e me dizia para acordá-lo quando fosse a hora de abrir os Portões para o Juízo Final.

ROSE: Bem, entra... Vou preparar uma fôrma de biscoitos.

(Rose sai de cena para dentro da casa).

GABRIEL: Troy... São Pedro tem seu nome no livro. Eu vi. Diz... Troy Maxson. Eu disse... eu conheço ele! Ele tem o mesmo sobrenome que eu. Esse é meu irmão!

TROY: Quantas vezes você vai me contar isso, Gabe?

GABRIEL: Não tem o meu nome no livro. Não tem que ter o meu nome. Eu morri e fui para o Céu. Mas ele tem o seu nome. Uma manhã, São Pedro estava olhando o livro... fazendo anotações para o Juízo Final... e deixou eu ver o seu nome. Esta lá no M. Tinha o nome de Rose... não vi como vi o seu... mas sei que está lá. Ele tem um livro enorme. Tem o nome de todo mundo que já nasceu. Foi o que ele me disse. Mas vi o seu nome. Vi com meus próprios olhos.

TROY: Vai lá dentro de casa. Rose está preparando algo para você comer.

GABRIEL: Ah, não estou com fome. Tomei café da manhã com tia Jemima. Ela veio e me preparou um prato inteiro de panquecas. Lembra como nós costumávamos comer panquecas?

TROY: Entre em casa e pegue algo para você comer agora.

GABRIEL: Tenho que vender minhas ameixas. Eu vendi alguns tomates. Consegui 50 centavos.

Quer ver? *(Mostra suas moedas para Troy)* Vou economizar e comprar uma corneta nova para que São Pedro possa ouvir quando for a hora de abrir os Portões *(Para de repente. Ouve)* Ouve isso? São os cães danados. Tenho que expulsá-los daqui. Saiam já daqui! Saiam! *(Sai cantando).*

Melhor se preparar para o Juízo Final!

Melhor se preparar para o Juízo Final!

Meu Senhor está vindo!

(Rose entra vindo da casa).

TROY: Ele foi para algum lugar.

GABRIEL: *(Dos bastidores).*

Melhor se preparar para o Juízo Final!

Melhor se preparar para a manhã do Juízo Final!

Melhor se preparar para o Juízo Final!

Meu Deus está vindo!

ROSE: Ele não está comendo direito. A senhora Pearl diz que não consegue fazer ele comer nada.

TROY: O que você quer que eu faça, Rose? Fiz tudo o que podia para ele. Não posso fazê-lo ficar bem. O cara teve metade da cabeça arrancada... o que você espera?

ROSE: Acho que algo deveria ser feito para ajudá-lo.

TROY: O cara não incomoda ninguém. Ele só mistura as coisas por causa daquela placa de metal na cabeça. Não faz nenhum sentido ele voltar para o hospital.

ROSE: Pelo menos ele comeria direito. Eles podem ajudá-lo a cuidar de si mesmo.

TROY: Ninguém quer ficar preso, Rose. Para que você quer prendê-lo? O cara foi lá lutar na guerra... foi se meter com os japas, teve metade da cabeça arrancada... e eles lhe dão miseráveis U$ 3 mil. E eu tive que me virar com isso.

ROSE: Você está começando a falar disso de novo?

TROY: Foi a única forma de ter um telhado sobre a minha cabeça... por causa daquela placa de metal.

ROSE: Não faz sentido você se culpar por nada. Gabe não estava em condições de administrar esse dinheiro. Você fez o que era certo por ele. Ninguém pode dizer que você não fez o que era certo por ele. Olha por quanto tempo você cuidou dele... até ele querer ter seu próprio lugar e mudar-se para a senhora Pearl.

TROY: Não é isso que estou dizendo, mulher! Estou apenas estabelecendo os fatos. Se meu irmão não tivesse aquela placa de metal na cabeça... eu não teria um penico para mijar ou uma janela para jogar o mijo fora. E tenho 53 anos. Agora vê se consegue entender isso!

(Ele se levanta na varanda e começa a sair do quintal).

ROSE: Para onde você vai? Você tem saído correndo daqui todos os sábados, por semanas. Pensei que você ia trabalhar nesta cerca.

TROY: Vou dar uma passada no Taylors'. Ouvir o jogo. Volto daqui a pouco. Vou trabalhar nisso quando voltar.

(Ele sai do quintal. As luzes vão se apagando).

CENA 3

As luzes se acendem sobre o quintal. São quatro horas mais tarde. Rose está tirando as roupas do varal. Cory entra carregando o equipamento de futebol americano.

ROSE: Seu pai quase teve um ataque com você correndo daqui de manhã sem fazer suas tarefas.

CORY: Eu te disse que tinha treino.

ROSE: Ele disse que você deveria ajudá-lo com essa cerca.

CORY: Ele vem dizendo isso nos últimos quatro ou cinco sábados e, então, nunca faz nada a não ser ir até o Taylors'. Você falou com ele sobre o recrutador?

ROSE: Falei sim.

CORY: O que ele disse?

ROSE: Ele não disse nada demais. Entra lá e começa as suas tarefas antes que ele volte. Vá lá e esfregue aqueles degraus antes que ele volte aqui gritando e reclamando.

CORY: Estou com fome. O que tem para comer, mãe?

ROSE: Vá lá e comece a fazer suas tarefas. Tem um pouco de bolinho de carne lá dentro. Vá e faça um sanduíche... e não deixe nenhuma bagunça na cozinha.

(Cory sai de cena para dentro da casa. Rose continua a tirar as roupas. Troy entra no quintal furtivamente e a agarra por trás).

ROSE: Troy, para com isso. Você quase me mata de susto. Quanto foi o placar? Lucille me telefonou e não consegui acompanhar o jogo.

TROY: O que me importa o jogo? Vem cá mulher *(Tenta beijá-la).*

ROSE: Pensei que você foi ao Taylors' para ouvir o jogo. Para Troy! Você deveria estar levantando esta cerca.

TROY: *(Tentando beijá-la novamente).* Vou levantá-la quando eu terminar com o que está à mão.

ROSE: Para, Troy. Não quero nada com você.

TROY: *(Perseguindo-a).* Eu quero com você... estou me preparando para fazer meu dever de casa!

ROSE: Troy, é melhor você me deixar em paz.

TROY: Onde está Cory? Aquele garoto ainda não voltou para casa?

ROSE: Ele está em casa fazendo suas tarefas.

TROY: *(Chamando).* Cory! Traz o seu traseiro aqui para fora, garoto!

(Rose sai de cena para dentro da casa com a roupa. Troy vai até a pilha de madeira, pega uma tábua e começa a serrar. Cory entra vindo da casa).

TROY: Você só está voltando agora para casa depois de sair de manhã?

CORY: Sim, tive que ir ao treino de futebol.

TROY: Sim, o quê?

CORY: Sim, senhor.

TROY: Estou por aqui com você. O lixo lá transbordando... você não fez nenhuma de suas tarefas... e você vem aqui falando "sim"?

CORY: Eu estava me preparando para fazer as minhas tarefas agora, pai...

TROY: Sua primeira tarefa é me ajudar com esta cerca no sábado. Todo o resto vem depois disso. Agora pegue aquela serra e corte as tábuas.

(Cory pega a serra e começa a cortar as tábuas. Troy continua trabalhando. Há uma longa pausa).

CORY: Ei, pai... por que você não compra uma TV?

TROY: O que é que eu vou querer com uma TV? Para que eu quero uma coisa dessas?

CORY: Todo mundo tem uma. Earl, Ba Bra... Jesse!

TROY: Não perguntei a você quem tinha uma. Perguntei o que eu ia querer com uma?

CORY: Para poder assistir. Eles têm muitas coisas na TV. Jogos de beisebol e tudo. Nós podíamos assistir às finais do campeonato.

TROY: Sim... e quanto custa essa TV?

CORY: Não sei. Eles têm em promoção por cerca de U$ 200.

TROY: U$ 200, hein?

CORY: Isso não é muito, pai.

TROY: Não, são apenas U$ 200. Vê esse telhado que você tem sobre a sua cabeça à noite? Deixa eu te contar algo sobre esse telhado. Já se passaram mais de dez anos desde que o telhado foi calafetado pela última vez. Agora... a neve vem nesse inverno e fica lá sobre aquele telhado, como sempre... e vai infiltrar para dentro da casa. Será só um pouco... praticamente não se nota. Então, quando você se der conta, estará vazando por toda a casa. Aí a madeira vai apodrecer com toda aquela água e você vai precisar de um telhado totalmente novo. Agora, quanto você acha que custa para calafetar aquele telhado?

CORY: Eu não sei.

TROY: U$ 264,00... em dinheiro. Enquanto você fica pensando em uma TV, eu tenho que ficar pensando no telhado... e em tudo o mais que está errado por aqui. Agora, se você tivesse U$ 200, o que você faria... consertaria o telhado ou compraria uma TV?

CORY: Eu compraria uma TV. Depois, quando o telhado começasse a vazar... quando precisasse de conserto... eu o consertaria.

TROY: De onde você tiraria o dinheiro? Você já gastou na TV. Você ficaria sentado e assistiria à água correndo por cima de sua TV nova.

CORY: Ah, pai. Você tem dinheiro. Sei que você tem.

TROY: Onde eu tenho dinheiro, hein?

CORY: Você tem no banco.

TROY: Você quer ver meu extrato? Você quer ver os U$ 63,22 que eu tenho lá?

CORY: Você não precisa pagar tudo de uma vez. Você pode dar uma entrada e voltar para casa com ela.

TROY: Não eu. Não vou ficar devendo nada a ninguém, se eu puder. Perca um pagamento e eles vêm arrancar a TV de você. Então com o que você fica? Agora, assim que eu conseguir U$ 200 limpos, aí então eu compro uma TV. Nesse momento, assim que eu conseguir U$ 264,00, vou calafetar esse telhado.

CORY: Ah... pai!

TROY: Você vai lá, ganha U$ 200 e compre uma, se você quer. Eu tenho coisas melhores para fazer com o meu dinheiro.

CORY: Não tenho como conseguir U$ 200. Nunca vi U$ 200.

TROY: Vamos fazer uma coisa... você consegue U$ 100 e eu completo com os outros U$ 100.

CORY: Está bem; vou mostrar para você.

TROY: Você vai me mostrar como consegue cortar as tábuas direito agora.

(Cory começa a cortar as tábuas. Há uma longa pausa).

CORY: Os Pirates venceram hoje. São cinco vitórias seguidas.

TROY: Não estou pensando nos Pirates. Um time só de brancos. Tem aquele garoto... aquele garoto porto-riquenho... Clemente. Não o colocam nem em metade do jogo. Aquele garoto poderia ser alguma coisa se lhe dessem uma chance. Põem para jogar um dia e deixam ele sentado no banco no dia seguinte.

CORY: Ele tem muitas chances para jogar.

TROY: Estou falando em jogar regularmente. Jogar todos os dias para que você possa ganhar ritmo de jogo. É disso que estou falando.

CORY: Eles têm alguns caras brancos no time que não jogam todos os dias. Você não pode colocar todos para jogar ao mesmo tempo.

TROY: Se eles têm um cara branco sentado no banco... você pode apostar seu último dólar que ele está machucado e não pode jogar! O cara de cor tem que ser duas vezes melhor para poder entrar no time. É por isso que eu não quero que você se envolva com esportes. O cara está no time e o que ele ganha com isso? Eles têm pessoas de cor no time e não as usam. É o mesmo que não ter. Todos os times são iguais.

CORY: Os Braves têm Hank Aaron e Wes Covington. Hank Aaron rebateu dois *home runs* hoje. Isso totaliza 43.

TROY: Hank Aaron não é ninguém. Isso é o mínimo que se espera de você. É assim que se supõe que se deva jogar. Não é nada demais. É só uma questão de esperar o momento certo... executar o movimento correto. Inferno, posso rebater 43 *home runs* agora mesmo!

CORY: Não com nenhum arremessador da liga principal; você não conseguiria.

TROY: Nós tínhamos arremessadores melhores nas ligas de negros. Eu rebati sete *home runs* de Satchel Paige[6]. Não se poderia conseguir nada melhor do que isso!

---

6 Nota do Tradutor: Arremessador lendário do beisebol (1906–1982) nas ligas dos negros.

CORY: Sandy Koufax. Ele lidera a liga em eliminação de rebatedores.

TROY: Não estou pensando em nenhum Sandy Koufax.

CORY: Você tem Warren Spahn e Lew Burdette. Aposto que você não conseguiria rebater nenhum *home run* de Warren Spahn.

TROY: Chega disso agora. Vá e corte as tábuas *(Pausa)*. Sua mãe me disse que você foi contratado por um time universitário de futebol americano? É isso mesmo?

CORY: Sim. O técnico Zellman diz que o recrutador vai vir falar com você. Pegar sua assinatura nos papéis de autorização.

TROY: Pensei que você ia trabalhar na A&P. Você não ia trabalhar lá depois da escola?

CORY: O senhor Stawicki diz que ele vai segurar meu emprego até depois da temporada de futebol. Diz que a partir da próxima semana eu posso trabalhar nos fins de semana.

TROY: Achei que tínhamos um acordo sobre essa coisa de futebol. Você deveria dar conta de suas tarefas e manter este emprego na A&P. Não ficar por aqui o dia todo no sábado. Não terminou nenhuma de suas tarefas... e agora está me dizendo que deixou o emprego?

CORY: Vou trabalhar nos finais de semana.

TROY: Uma ova que você vai! E não há necessidade alguma de ninguém vir aqui falar comigo sobre assinar nada.

CORY: Ei, pai... você não pode fazer isso. Ele está vindo da Carolina do Norte.

TROY: Não me interessa de onde ele vem. Os brancos não vão deixar você chegar a lugar nenhum com esse futebol, de jeito nenhum. Você vai lá e pegue o seu livro da escola para poder se preparar para a A&P ou aprender como consertar carros ou construir casas ou algo assim, arranjar um negócio. Assim você terá algo que ninguém pode tirar de você. Vai lá e aprende como usar as mãos para fazer algo de útil. Além de carregar o lixo das pessoas.

CORY: Tenho boas notas, pai. Por isso que o recrutador quer falar com você. Você precisa ter boas notas para ser contratado. Assim eu vou para a faculdade. Vou ter uma chance...

TROY: Primeiro você vai até a A&P e pega o seu emprego de volta.

CORY: O senhor Stawicki já contratou outra pessoa porque eu lhe disse que ia jogar futebol.

TROY: Você é um idiota maior do que eu pensava... deixar que outra pessoa pegue o seu emprego para que você possa jogar futebol. Onde você vai conseguir o seu dinheiro para passear com a namorada e outras coisas assim? Que tipo de tolice é essa de deixar alguém pegar o seu emprego?

CORY: Eu ainda vou trabalhar nos finais de semana.

TROY: Não... não. Você tira o seu traseiro daqui e vai encontrar outro emprego.

CORY: Qual é, pai! Eu tenho que treinar. Não posso trabalhar depois da escola e jogar futebol também. O time precisa de mim. É o que treinador Zellman diz...

TROY: Eu não me importo com o que ninguém diz. Eu sou o chefe... você entende? Eu sou o chefe por aqui. O que eu digo é a única opinião que conta.

CORY: Por favor, pai!

TROY: Eu perguntei a você... você entendeu?

CORY: Sim...

TROY: O quê?!

CORY: Sim, senhor.

TROY: Vá lá nessa A&P e vê se consegue o seu emprego de volta. Se não consegue fazer os dois... então, você sai do time de futebol.

Você tem que pegar as tortuosas junto com as retas[7].

CORY: Sim, senhor *(Pausa)*. Posso fazer uma pergunta?

TROY: Que diabos você quer me perguntar? É para o senhor Stawicki que você tem que dirigir as perguntas.

CORY: Por que você jamais gostou de mim?

TROY: Gostar de você? Quem diabos diz que eu tenho que gostar de você? Que lei existe dizendo que eu tenho que gostar de você? Quer ficar na minha frente e fazer uma maldita pergunta tola como essa, sobre gostar de alguém? Vem cá, garoto, quando eu falo com você.

(Cory vai até onde Troy está trabalhando. Ele fica de pé com o corpo inclinado e Troy empurra o seu ombro).

TROY: Fica direito, droga! Eu te fiz uma pergunta... que lei existe por aí dizendo que eu tenho que gostar de você?

---

[7] Nota do Tradutor: O autor constrói de certa forma uma metáfora com o beisebol, indicando que você precisa rebater todas as bolas arremessadas pela vida, as boas e as más (e que junto com as boas, vêm as más).

CORY: Nenhuma.

TROY: Bem, tudo bem então! Você não come todos os dias? *(Pausa)* Responda-me quando eu falo com você! Você não come todos os dias?

CORY: Sim.

TROY: Crioulo, enquanto estiver em minha casa, você coloca aquele "senhor" no final quando fala comigo!

CORY: Sim... senhor.

TROY: Você come todos os dias.

CORY: Sim, senhor!

TROY: Tem um teto sobre a sua cabeça.

CORY: Sim, senhor!

TROY: Tem roupas para se vestir.

CORY: Sim, senhor.

TROY: Por que você acha que isso acontece?

CORY: Por causa de você.

TROY: Ah, inferno, eu sei que é por causa de mim... mas por que você acha que isso acontece?

CORY: *(Hesitante).* Porque você gosta de mim.

TROY: Gostar de você? Saio daqui todas as manhãs... ralo pra caramba... tolero aqueles brancos todo dia... porque eu gosto de você?

77

Você é o maior tolo que eu já vi. *(Pausa)* É meu trabalho. É minha responsabilidade! Você entende isso? Um homem tem que cuidar da própria família. Você mora em minha casa... dorme debaixo do meu cobertor... enche a sua barriga com a minha comida... porque você é meu filho. Você é minha carne e meu sangue. Não porque eu gosto de você! Porque é meu dever cuidar de você. Essa é minha obrigação com você!

Vamos entender direito isso aqui... antes que vá mais longe... Eu não tenho que gostar de você. O senhor Rand não dá o meu dinheiro no dia de pagamento porque ele gosta de mim. Ele me dá porque ele me deve. Eu te dei tudo o que eu tinha para te dar. Eu te dei a vida! Eu e sua mãe chegamos a um acordo sobre isso entre nós. E gostar da sua bunda preta não fazia parte do trato. Não tente passar pela vida se preocupando se alguém gosta de você ou não. É melhor ter certeza que eles estão agindo certo com você. Você entende o que estou dizendo, garoto?

CORY: Sim, senhor.

TROY: Então suma da minha frente e vá para a A&P.

(Rose ficou de pé atrás da porta de tela durante grande parte da cena. Ela entra quando Cory sai).

ROSE: Por que você não deixa o menino seguir em frente e jogar futebol, Troy? Não há nenhum mal nisso. Ele só está tentando ser como você nos esportes.

TROY: Não quero que ele seja igual a mim! Quero que ele fique o mais longe possível de uma vida igual à minha. Você é a única coisa decente que já aconteceu comigo. Isso eu desejo que aconteça a ele. Mas não desejo a ele nada mais da minha vida. Decidi 17 anos atrás que aquele garoto não vai se envolver em nenhum esporte. Não depois do que fizeram comigo nos esportes.

ROSE: Troy, por que você não admite que era velho demais para jogar nas grandes ligas? Uma vez que seja... por que você não admite isso?

TROY: O que você quer dizer com velho demais? Não venha me dizer que eu era velho demais. Eu só não tinha a cor certa. Inferno, tenho 53 anos e posso fazer melhor que 0,269 de Selkirk agora mesmo!

ROSE: Como você podia jogar beisebol se estava com mais de 40 anos de idade? Às vezes, não consigo ver sentido no que você diz.

TROY: Tenho bom senso, mulher. Tenho bom senso suficiente para não deixar meu garoto se machucar praticando algum esporte. Você vem mimando demais esse garoto. Agora, ele está preocupado se as pessoas gostam dele.

ROSE: Tudo o que esse menino faz... ele faz para você. Ele quer que você diga, "Bom trabalho, filho". Só isso.

TROY: Rose, não tenho tempo para isso. Ele está vivo. Ele é saudável. Ele tem que construir o próprio caminho. Eu construí o meu. Ninguém vai segurar a mão dele quando ele sair por esse mundo afora.

ROSE: Os tempos mudaram desde quando você era jovem, Troy. As pessoas mudam. O mundo está mudando à sua volta e você nem mesmo consegue enxergar isso.

TROY: *(Lento, metódico)*. Mulher... Faço o melhor que posso. Venho aqui toda sexta-feira. Carrego um saco de batatas e um balde de banha. Vocês todos fazem fila na porta com as mãos estendidas. Eu te dou os fiapos de meus bolsos. Eu te dou meu suor e meu sangue. Não tenho lágrimas. Gastei-as. Nós vamos lá para cima naquele quarto à noite... e eu caio sobre você e tento explodir um buraco para a eternidade. Me levanto segunda-feira de manhã... encontro o meu almoço na mesa. Saio. Sigo meu caminho. Encontro forças para me levar até a próxima sexta-feira. *(Pausa)* Isso é tudo o que tenho, Rose. Isso é tudo o que tenho para dar. Não posso dar mais nada.

(Troy sai de cena para dentro da casa. As luzes vão se apagando).

CENA 4

É sexta-feira, duas semanas depois. Cory sai da casa com seu equipamento de futebol. O telefone toca.

CORY: *(Chamando)*. Já peguei! *(Atende ao telefone e fica na porta de tela falando)*. Alô? Ei, Jesse. Não... estava me preparando para sair agora.

ROSE: *(Chamando)*. Cory!

CORY: Eu te disse, cara, as travas estão todas estouradas. Você pode usá-las se quiser, mas não são boas. Earl tem algumas travas.

ROSE: *(Chamando)*. Cory!

CORY: *(Gritando para Rose).* Mãe? Estou falando com Jesse *(Ao telefone).* Quando ela disse isso? *(Pausa)* Ah, você está mentindo, cara. Vou dizer a ela que você disse isso.

ROSE: *(Chamando).* Cory, não vá a lugar algum!

CORY: Tenho que ir para o jogo, Ma! *(Ao telefone)* Sim, ei, olha. Falo com você mais tarde. Sim, te encontro na casa de Earl. Mais tarde. Tchau, Ma.

(Cory sai da casa e aparece no quintal).

ROSE: Cory, para onde você vai? Você tirou todas as suas coisas e espalhou tudo pelo quarto.

CORY: *(No quintal).* Eu estava procurando minhas travas da chuteira. Jesse me pediu emprestado minhas travas.

ROSE: Suba já e arrume isso antes que seu pai volte aqui.

CORY: Tenho que ir ao jogo! Vou limpar quando voltar.

(Ele sai).

ROSE: Tudo o que ele precisa agora é ver aquele quarto todo desarrumado.

(Rose sai em direção à casa. Troy e Bono entram no quintal com uma garrafa.

Troy está vestido com roupas que não são as do trabalho).

BONO: Ele me disse a mesma coisa que para você. Leve para o sindicato.

TROY: Brownie não falou coisa com coisa. O homem não estava pensando em nada. Ele espera até eu confrontá-lo com isso... depois ele quer gritar que tem mais tempo de casa *(Chama)* Ei, Rose!

BONO: Eu gostaria de ter visto a cara do senhor Rand quando ele te disse.

TROY: Ele não conseguia falar com a própria boca! Queria que mordesse a língua! Quando eles me chamaram lá no escritório do encarregado... ele achou que iam me despedir. Como todo mundo.

BONO: Não achei que iam te despedir. Achei que iam te dar uma advertência por escrito.

TROY: Ei, Rose! *(Para Bono).* Sim, o senhor Rand gosta de morder a língua.

(Troy tira a tampa da garrafa, toma um gole e passa para Bono).

BONO: Vi você correr até o Taylors' e contar para aquela garota, a Alberta.

TROY: *(Chamando).* Ei, Rose! *(Para Bono).* Contei para todo mundo. Ei, Rose! Fui até lá descontar o meu cheque.

ROSE: *(Entrando vindo da casa).* Para com essa gritaria, homem! Sei que você está aqui. O que eles disseram lá no escritório do encarregado?

TROY: Você deve vir quando te chamo, mulher. Bono vai te dizer isso *(Para Bono).* Lucille não vem quando você a chama?

ROSE: Homem, cala a boca. Não sou nenhum cachorro... fica falando "venha quando você me chama".

TROY: *(Coloca o seu braço em volta de Rose).* Ouviu isso, Bono? Eu tinha um cachorro velho que costumava ser atrevido assim. Você dizia, "Vem cá, Blue!"... e ele simplesmente ficava deitado e olhava para você. Acabava pegando uma vara para fazê-lo vir.

ROSE: Não quero saber de você e seu cachorro. Lembro que você costumava cantar aquela música antiga.

TROY: *(Cantando).* Ouça o badalo! Ouça o badalo!

Eu tinha um cão seu nome era Blue.

ROSE: Ninguém quer ouvir você cantar essa música.

TROY: *(Cantando)*. Você sabe que Blue era muito fiel.

ROSE: Costumava ter Cory correndo por aí cantando essa música.

BONO: Diacho, eu me lembro dessa música.

TROY: *(Cantando)*. Você sabe que Blue era um bom cão.

Blue encurralava um gambá em um tronco oco.

Essa era a música de meu pai. Meu pai compôs essa música.

ROSE: Não me importo quem compôs. Ninguém quer ouvir você cantar.

TROY: *(Faz uma música como que chamando um cachorro)*. Vem aqui, mulher.

ROSE: Você vem aqui todo insolente; aposto que não despediram você. O que eles disseram lá no escritório do encarregado?

TROY: Olha aqui, Rose... o senhor Rand me chamou em seu escritório hoje quando voltei da conversa com o pessoal de lá... veio lá de cima... ele me chamou e disse que vou ser motorista.

ROSE: Troy, você está brincando!

TROY: Não, não estou. Pergunte a Bono.

ROSE: Bem, isso é ótimo, Troy. Agora você não precisa mais incomodar aquelas pessoas.

(Lyons entra da rua).

TROY: Ah, inferno, eu não estava esperando ver você hoje. Achei que você estava na cadeia. Apareceu tudo na primeira página do *Courier* sobre eles invadindo aquele lugar, o Seefus'... onde você se encontra com todos aqueles bandidos.

LYONS: Ei, pai... isso não tem nada a ver comigo. Não vou lá jogar. Vou lá para ficar com a banda. Não tenho nada a ver com a parte do jogo. Eles têm uma boa música por lá.

TROY: Eles têm alguns velhacos... isso é o que eles têm.

LYONS: Como tem passado, senhor Bono? Olá, Rose.

BONO: Vi onde você está tocando lá no Crawford Grill esta noite.

ROSE: Por que você não trouxe a Bonnie como eu te disse? Você devia ter trazido a Bonnie com você, faz tempo que ela não vem aqui.

LYONS: Eu estava na vizinhança... pensei em passar por aqui.

TROY: Lá vem ele...

BONO: O seu pai recebeu uma promoção no departamento de lixo. Ele vai ser o primeiro motorista de cor. Não vai precisar fazer nada a não ser sentar ali e ler o jornal como os camaradas brancos.

LYONS: Ei, pai... se você soubesse ler, então, estaria bem.

BONO: Não... não.... você precisa dizer que se o crioulo soubesse dirigir, ele estaria bem. Brigando com as pessoas para dirigir o caminhão e nem mesmo tem carta. O senhor Rand sabe que você não tem carteira de motorista?

TROY: Dirigir não é nada. Tudo o que você faz é apontar o caminhão para onde você quer que ele vá. Dirigir não é nada.

BONO: O senhor Rand sabe que você não tem carteira de motorista? É disso que estou falando. Não estou perguntando se dirigir é fácil. Perguntei se o senhor Rand sabe que você não tem carteira de motorista.

TROY: Ele não precisa saber. O homem não precisa saber das minhas coisas. Quando ele descobrir, eu já vou ter duas ou três carteiras de motorista.

LYONS: *(Pondo a mão no bolso).* Tá, olha aqui, pai...

TROY: Eu sabia que vinha. Não te disse, Bono? Eu sei de que tipo de "olha aqui, pai" isso se trata. O crioulo se preparando para me pedir algum dinheiro. É sexta-feira à noite. É dia de meu pagamento. Todos aqueles malandros lá na avenida... aqueles que não estão na cadeia... e Lyons esperando para ir lá se encontrar com eles.

LYONS: Vê, pai... se algum dia você desse a chance para outra pessoa falar, você veria que eu estava me preparando para pagar de volta seus U$ 10 como eu disse... Aqui está... Eu te disse que pagaria quando Bonnie fosse paga.

TROY: Não... deixa prá lá e fique com esses U$ 10. Coloque no banco. Da próxima vez que você tiver vontade de passar aqui para me pedir algo... vá lá no banco e pega isso.

LYONS: Aqui estão seus U$ 10, pai. Eu te disse que não quero que você me dê nada. Eu só precisei de U$ 10 emprestados.

TROY: Não... deixa prá lá e fique com isso para a próxima vez que você quiser me pedir.

LYONS: Vamos lá, pai... aqui estão seus U$ 10.

ROSE: Por que você não deixa o garoto te pagar de volta, Troy?

LYONS: Aqui está, Rose. Se você não pegar, vou ter que ouvir a respeito disso pelos próximos seis meses *(Ele lhe dá o dinheiro).*

ROSE: Você também pode entregar o seu aqui, Troy.

TROY: Você vê isso, Bono. Você vê como eles me tratam.

BONO: É, Lucille me trata da mesma maneira.

(Gabriel é ouvido cantando nos bastidores. Ele entra).

GABRIEL: Melhor se preparar para o Juízo Final! Melhor se preparar para... Ei!... Ei! Esse é o garoto do Troy!

LYONS: Como vai, tio Gabe?

GABRIEL: Lyons... O Rei da Selva! Rose... ei, Rose. Tem uma flor para você *(Tira uma rosa de seu bolso).* Colhi eu mesmo. Essa é uma rosa como você!

ROSE: Muito bacana de sua parte, Gabe.

LYONS: O que você tem feito, tio Gabe?

GABRIEL: Oh, tenho caçado cães danados e esperando a hora de dizer a São Pedro para abrir os Portões.

LYONS: Tem caçado cães danados, hein? Bem... você está fazendo a coisa certa, tio Gabe. Alguém tem que os caçar.

GABRIEL: Ah, sim... sei disso. O diabo é forte. O diabo não é nenhum bobalhão. Cães danados pegando nos calcanhares de todo mundo. Mas eu tenho minha trombeta esperando a hora do Juízo Final.

LYONS: Esperando pela batalha do Armagedom, hein?

GABRIEL: Não vai ser bem uma batalha quando Deus agitar aquela espada do Juízo Final. Mas as pessoas vão ter imensa dificuldade tentando entrar no Céu se os Portões não estiverem abertos.

LYONS: *(Colocando o braço em torno de Gabriel).* Ouviu isso, pai. Tio Gabe, você está certo!

GABRIEL: *(Rindo com Lyons).* Lyons! Rei da Selva.

ROSE: Você vai ficar para o jantar, Gabe. Quer que eu prepare um prato?

GABRIEL: Vou só pegar um sanduíche, Rose. Não quero nenhum prato. Só quero comer com as minhas mãos. Vou pegar um sanduíche.

ROSE: E você, Lyons? Vai ficar? Estou cozinhando algumas costeletas.

LYONS: Não, não quero comer nada até depois de terminar de tocar *(Pausa)*. Você deveria ir me ouvir tocar, pai.

TROY: Não gosto dessa música chinesa. Todo aquele barulho.

ROSE: Entre em casa e se lave, Gabe... Vou preparar um sanduíche.

GABRIEL: *(Para Lyons, enquanto sai)*. Troy está bravo comigo.

LYONS: Por que você está bravo com o tio Gabe, pai?

ROSE: Ele acha que Troy está bravo porque ele se mudou para a casa da senhora Pearl.

TROY: Não estou bravo com o cara. Ele pode morar onde quiser.

LYONS: Por que ele se mudou para lá? A senhora Pearl não gosta de ninguém.

ROSE: Ela não se incomoda nada com ele. Ela o trata muito bem. Ela só não permite toda aquela cantoria.

TROY: Ela não se importa com o aluguel que ele está pagando... é com isso que ela não se importa.

ROSE: Troy, não vou mais entrar nessa discussão com você. Ele está lá porque quer ter o próprio canto. Ele pode entrar e sair quando quiser.

TROY: Inferno, ele poderia entrar e sair quando quisesse aqui. Eu não o estava impedindo. Não estabeleci nenhuma regra para ele.

ROSE: Não é a mesma coisa, Troy. E você sabe disso.

(Gabriel vem até a porta).

ROSE: Agora, não quero mais ouvir falar sobre isso. Não quero ouvir mais nada sobre Gabe e a senhora Pearl. E na próxima semana...

GABRIEL: Estou pronto para o meu sanduíche, Rose.

ROSE: E na próxima semana... quando esse recrutador vier daquela escola... quero que você assine aquele papel e deixe Cory jogar futebol. E, então, será a última vez que quero ouvir falar sobre isso.

TROY: *(Para Rose quando ela sai em direção à casa).* Não estou pensando nada sobre Cory.

LYONS: O quê?.... Cory foi contratado? Para que escola ele vai?

TROY: Aquele garoto andando por aí cheirando a mijo... achando que já cresceu. Pensando que vai fazer o que ele quer, independentemente do que eu disser. Olha aqui, Bono... saí do escritório do encarregado e fui para a A&P... aquele garoto não está trabalhando lá. Ele mentiu para mim. Dizendo que pegou seu emprego de volta... dizendo que está trabalhando nos finais de semana... dizendo que está trabalhando depois da escola... o senhor Stawicki me disse que ele não está trabalhando lá coisa nenhuma!

LYONS: Cory está crescendo. Ele está apenas se esforçando ao máximo para ser igual a você.

TROY: Não ligo para o que ele está fazendo. Quando ele chega ao ponto de querer me desobedecer... então, é hora de ele seguir em frente. Bono pode te dizer isso. Aposto que ele nunca desobedeceu o pai dele sem sofrer as consequências.

BONO: Nunca tive uma chance. Nunca tive uma chance de desobedecer. Meu pai desapareceu, nunca o conheci nem o vi... nem soube o que ele pensava ou para onde foi. Apenas seguindo em frente. Procurando a Terra Prometida. É assim que os velhos costumavam chamar. Veem um camarada se mudando de um lugar para outro... de mulher para mulher... chamam isso de Procurar a Terra Prometida. Não posso dizer se algum dia ele encontrou. Eu fico junto, não queria nenhum filho. Não sabia se ia ficar em um lugar o tempo suficiente para corrigi-los como pai deles. Percebi que eu também estava procurando. Acontece que estou com Lucille quase o mesmo tempo que seu pai está com Rose. Indo para 16 anos.

TROY: Às vezes, eu gostaria de não ter conhecido meu pai. Ele não se importava nada com nenhum filho. Um filho para ele não era nada. Tudo o que ele queria é que você aprendesse como andar para poder começar a trabalhar. Quando era hora de comer... ele comia primeiro. Se sobrasse alguma coisa, isso é o que você teria. O homem sentava lá e comia dois frangos e te dava a asa.

LYONS: Você devia parar com isso, pai. Todo pai alimenta os filhos. Não importa o quanto os tempos sejam difíceis... todo mundo se preocupa com os próprios filhos. Garante que eles tenham algo para comer.

TROY: A única coisa com que meu pai se importava era levar os fardos de algodão para o senhor Lubin. Essa era a única coisa que importava para ele. Às vezes, eu me perguntava por que ele estava vivo. Perguntava a mim mesmo por que o diabo não tinha vindo pegá-lo. "Leve esses fardos de algodão para o senhor Lubin" e descubra que ele lhe deve dinheiro...

LYONS: Ele deveria simplesmente ter ido embora e deixado tudo quando viu que não chegaria a lugar nenhum. Isso é o que eu teria feito.

TROY: Como ir embora com 11 filhos? E para onde ele iria? Ele não sabia fazer nada, a não ser trabalhar na fazenda. Não, ele estava preso e acho que ele sabia disso. Mas direi isso por ele... ele tinha um senso de responsabilidade para conosco. Talvez ele não nos tratasse da maneira que eu achava que ele deveria tratar... mas, sem essa responsabilidade, ele poderia ter desaparecido e nos deixado... seguido o próprio caminho.

BONO: Muitos fizeram isso. Naquela época que vocês estão falando... eles saíam pela porta da frente e simplesmente pegavam uma estrada ou outra, e seguiam caminhando sem parar.

LYONS: É isso aí! É disso que estou falando.

BONO: Basta continuar caminhando até chegar a alguma outra coisa. Vocês nunca ouviram falar de alguém que tem o blues andarilho? Bem, é assim que você chama quando alguém que parte assim.

TROY: Meu pai não tinha esse blues andarilho! Do que você está falando? Ele ficava ali, com a família. Mas ele era muito perverso. Minha mãe não podia suportá-lo. Não podia suportar aquela maldade. Ela fugiu quando eu tinha uns oito anos. Ela deu o fora uma noite depois que ele tinha ido dormir. Ela me disse que voltaria para me buscar. Nunca mais a vi. Todas as mulheres dele fugiram e o deixaram. Ele não era bom para ninguém.

Quando chegou a minha vez de partir, eu tinha 14 anos e comecei a me engraçar com a filha de Joe Canewell. Tínhamos uma velha mula que chamávamos de Greyboy. Meu pai me enviou para arar umas lavouras e eu amarrei Greyboy e fui atrás da filha de Joe Canewell. Nós encontramos um pequeno lugar agradável e realmente nos aconchegamos. Ela com cerca de 13 anos e nós achando que já havíamos crescido... assim ficamos lá nos divertindo... sem pensar em nada. Nós não sabíamos que Greyboy tinha se soltado e voltado sozinha para casa e que meu pai estava procurando por mim. Nós ali nos divertindo pelo riacho quando meu pai veio para cima de nós. Surpreendeu-nos. Ele estava com as correias de couro da mula e começou a me bater como se não houvesse amanhã. Eu dei um pulo, com raiva e envergonhado. Estava com medo do meu pai.

Quando ele começou a bater em mim... naturalmente, eu quis fugir dali *(Pausa)*. Agora, eu achava que ele estava com raiva porque eu não tinha feito meu trabalho. Mas percebi que ele estava me perseguindo para pegar a garota para ele. Quando vi do que se tratava, perdi todo o medo do meu pai. Exatamente ali é onde eu me tornei um homem... aos 14 anos *(Pausa)*. Agora era a minha vez de pô-lo para correr. Peguei as rédeas que ele havia usado contra mim. Peguei as rédeas e comecei a bater nele. A garota fugiu... e quando meu pai virou o rosto para mim, pude ver por que o diabo nunca veio pegá-lo... porque ele era o próprio diabo. Não sei o que aconteceu. Quando acordei, eu estava deitado ali perto do riacho, e Blue... esse cão velho que nós tínhamos... estava lambendo o meu rosto. Eu achei que estava cego. Não podia enxergar nada. Os meus dois olhos estavam inchados. Fiquei ali e chorei. Eu não sabia o que eu ia fazer. A única coisa que eu sabia era que tinha chegado a hora de deixar a casa de meu pai. E ali mesmo o mundo de repente ficou grande. E isso foi muito tempo antes que eu conseguisse reduzi-lo para algo com que eu pudesse lidar.

Parte dessa redução foi quando cheguei ao lugar onde eu podia senti-lo chutando meu sangue e sabia que a única coisa que nos separava era uma questão de alguns anos.

(Gabriel entra vindo da casa com um sanduíche).

LYONS: O que você tem aí, tio Gabe?

GABRIEL: Peguei um sanduíche de presunto. Rose me deu um sanduíche de presunto.

TROY: Não sei o que aconteceu com ele. Perdi o contato com todos, exceto Gabriel. Mas espero que ele esteja morto. Espero que ele tenha encontrado um pouco de paz.

LYONS: Essa é uma história pesada, pai. Não sabia que você saiu de casa quando tinha 14 anos.

TROY: E não conhecia nada. A única parte do mundo que eu conhecia era os 42 acres das terras do senhor Lubin. Isso é tudo o que eu sabia sobre a vida.

LYONS: Quatorze anos é meio jovem demais para ficar por conta própria *(O telefone toca)*. Nem sequer passa pela minha cabeça que eu estava pronto para me virar sozinho com 14 anos. Não sei o que teria feito.

TROY: Eu me levantei do riacho e caminhei até Mobile. Já estava cheio da agricultura. Achei que poderia me dar melhor na cidade. Então andei os 300 quilômetros até Mobile.

LYONS: Espera aí... você não andou 300 quilômetros coisa nenhuma, pai. Ninguém consegue andar 300 quilômetros. Você deve estar falando de alguns quilômetros.

BONO: Esta era a única maneira de chegar a algum lugar naqueles dias.

LYONS: Shhh. O cacete que eu não conseguiria uma carona com alguém!

TROY: Com quem você pegaria carona? Eles não tinham carros e coisas assim como eles têm agora. Estamos falando de 1918.

ROSE: *(Entrando).* Sobre o que vocês todos estão falando aqui?

TROY: *(Para Rose).* Estou contando para Lyons o quanto a vida dele é boa. Ele não sabe nada a respeito disso que estou falando.

ROSE: Lyons, era Bonnie ao telefone. Ela diz que você deveria ter ido buscá-la.

LYONS: Sim, tudo bem, Rose.

TROY: Andei até Mobile e me juntei a alguns camaradas que seguiam pelo mesmo caminho.

Cheguei lá e descobri... não só que você não conseguiria um emprego... que você não conseguiria encontrar um lugar para morar. Pensei que estava em liberdade. Shhh. Gente de cor vivendo lá nas margens dos rios em qualquer tipo de abrigo que pudessem encontrar por conta própria. Bem ali debaixo da ponte Brady Street. Vivendo em barracos de gravetos, papelão e fibra de vidro. Causei desordem por lá e fui de mal a pior. Comecei a roubar. Primeiro foi comida. Então pensei, diabos, se eu roubar dinheiro posso me comprar um pouco de comida. Comprar uns sapatos também! Uma coisa levou à outra. Conheci a sua mãe. Eu era jovem e ansioso para ser um homem. Conheci a sua mãe e tive você. Para que fiz isso? Agora eu tinha que me preocupar em alimentar você e ela. Tinha que roubar três vezes mais. Saí um dia procurando alguém para roubar... isso é o que eu era, um ladrão. Vou dizer a verdade para você. Tenho vergonha disso hoje. Mas é a verdade. Saí para roubar esse camarada... puxei minha faca... e ele puxou um revólver. Atirou em mim no peito. Parecia que alguém tinha pegado um ferro quente e colocado dentro de mim. Quando ele atirou em mim, eu pulei para cima dele com a minha faca. Eles me disseram que eu o matei e eles me colocaram na penitenciária e me trancaram por quinze anos. Foi lá que conheci Bono. Foi lá que aprendi a jogar beisebol. Saí daquele lugar e sua mãe tinha pegado você e partido para fazer a vida sem mim. Quinze anos era muito tempo para ela esperar. Mas esses quinze anos me curaram dessa coisa de roubar. Rose pode te dizer. Ela me perguntou quando a conheci se eu tinha me livrado de toda essa loucura. E eu disse a ela, "Baby, você e o beisebol são tudo o que conta para mim". Ouviu isso, Bono? Eu estava sendo sincero também. Ela diz, "Qual deles vem primeiro?". Eu disse a ela, "Baby, sem dúvida nenhuma que é o beisebol... mas se você fica e envelhece junto comigo, nós dois sobreviveremos a esse beisebol". Estou certo, Rose? E é verdade.

ROSE: Homem, cala a boca. Você não disse nada disso. Falava, "Baby, você sabe que será sempre a número um comigo". Isso é o que você falava.

TROY: Ouviu isso, Bono. É por isso que eu a amo.

BONO: Rose vai mantê-lo no caminho certo. Se você sair dos trilhos, ela vai te endireitar.

ROSE: Lyons, é melhor você se levantar e ir pegar a Bonnie. Ela está esperando por você.

LYONS: *(Levanta-se para sair).* Ei, pai, por que você não vem até o Grill e me ouve tocar?

TROY: Não vou lá. Eu sou velho demais para frequentar esses clubes.

BONO: Você tem que ser bom para tocar no Grill.

LYONS: Vamos lá, pai...

TROY: Tenho que me levantar de manhã.

LYONS: Você não precisa ficar muito tempo.

TROY: Não, vou jantar e ir para a cama.

LYONS: Bem, tenho que ir. Vejo vocês depois.

TROY: Não me apareça em casa no dia do meu pagamento.

ROSE: Pega o telefone e avise alguém que você está vindo. E traga Bonnie com você. Você sabe que fico sempre contente em vê-la.

LYONS: Sim, farei isso, Rose. Cuide-se agora. A gente se vê, pai. Até logo, senhor Bono. Tchau, tio Gabe.

GABRIEL: Lyons! O Rei da Selva!

(Lyons sai).

TROY: O jantar está pronto, mulher? Eu e você temos alguns negócios para cuidar. Vou botar pra quebrar.

ROSE: Troy, já te falei!

TROY: *(Põe o braço em volta de Bono).* Ah, inferno, mulher... este é Bono. Bono é como se fosse da família. Conheço esse crioulo desde... quanto tempo eu te conheço?

BONO: Faz bastante tempo.

TROY: Conheço esse crioulo desde que Skippy era um filhote de cachorro. Eu e ele passamos por maus momentos.

BONO: Isso também é verdade. Com certeza.

TROY: Inferno, eu o conheço há mais tempo do que conheço você. E ainda estamos aqui juntos, ombro a ombro. Ei, olha aqui, Bono... um homem não pode pedir mais do que isso *(Bebe a ele).* Eu te amo, crioulo.

BONO: Inferno, eu te amo também... mas tenho que ir para casa ver minha mulher. Você tem a sua aqui. Tenho que ir pegar a minha.

(Bono começa a sair quando Cory entra no quintal, vestido com seu uniforme de futebol. Ele olha Troy de forma dura e intransigente).

CORY: Por que você fez isso, pai? *(Atira seu capacete na direção de Troy).*

ROSE: Qual é o problema? Cory... qual é o problema?

CORY: O papai foi até a escola e disse para o treinador Zellman que eu não posso mais jogar futebol. Nem me deixaria jogar a partida. Falou para ele dizer ao recrutador para não vir.

ROSE: Troy...

TROY: Que Troy o quê! É, eu fiz isso. E o garoto sabe por que eu fiz isso.

CORY: Por que você ia querer fazer isso comigo? Esta era a única chance que eu tinha.

ROSE: Não há nada de errado em Cory jogar futebol, Troy.

TROY: O garoto mentiu para mim. Eu disse para o crioulo que se ele quer jogar futebol... tem que fazer suas tarefas e manter esse emprego na A&P. Essas eram as condições. Passei lá para ver o senhor Stawicki...

CORY: Não posso trabalhar depois da escola durante a temporada de futebol, pai! Tentei te dizer que o senhor Stawicki está segurando o meu emprego para mim. Você nunca quer ouvir ninguém. E aí você vai e faz isso comigo!

TROY: Não fiz nada para você. Você é que fez isso a si mesmo.

CORY: Só porque você não teve uma chance! Você só está com medo que eu me saia melhor do que você, é isso.

TROY: Vem cá.

ROSE: Troy...

(Cory relutante caminha até Troy).

TROY: Está bem! Vê. Você cometeu um erro.

CORY: Mas eu não fiz nada!

TROY: Vou lhe dizer qual foi o seu erro. Veja... você tentou rebater a bola e não acertou. Isso é *strike one*[8]. Veja, você está na caixa do rebatedor agora. Você tentou rebater e errou. Isso é *strike one*. Não vá ser eliminado!

(As luzes diminuem sobre a cena).

---

8 Nota do Tradutor: No beisebol, o rebatedor é eliminado quando não consegue rebater três arremessos válidos. O *strike one* corresponde ao primeiro arremesso válido não rebatido.

SEGUNDO ATO

CENA 1

A manhã seguinte. Cory está na árvore rebatendo a bola com o bastão. Ele tenta imitar Troy, mas seu movimento é desajeitado, menos seguro. Rose entra vindo da casa.

ROSE: Cory, eu quero que me ajude com esse armário.

CORY: Não vou sair do time. Não me importo com o que o papai diz.

ROSE: Vou falar com ele quando ele voltar. Ele teve que ir ver o seu tio Gabe. A polícia o prendeu. Diz que ele estava perturbando a paz. Ele voltará direto para cá. Venha aqui me ajudar a limpar a parte de cima desse armário.

(Cory sai de cena para dentro da casa. Rose vê Troy e Bono descendo o beco).

ROSE: Troy... o que eles dizem lá na polícia?

TROY: Não disseram nada. Eu lhes dei U$ 50 e eles o deixaram sair. Vou falar com você sobre isso. Onde está Cory?

ROSE: Ele está me ajudando a limpar esses armários.

TROY: Diga a ele para trazer seu traseiro aqui.

(Troy e Bono vão para a pilha de madeira. Bono pega a serra e começa a serrar).

TROY: *(Para Bono).* Tudo o que eles querem é o dinheiro. Com esta são seis ou sete vezes que eu vou lá pegá-lo. Eles me veem chegando e estendem as mãos.

BONO: É, sei o que você quer dizer. Isso é tudo com o que eles se importam... esse dinheiro. Eles não se importam com o que é certo.

BONO: *(Pausa).* Crioulo, por que você foi lá pegar uma madeira tão dura? Você só está construindo uma pequena cerca. Pegue uma madeira de pinho macia. Isso é tudo de que você precisa.

TROY: Sei o que estou fazendo. Isso é madeira para colocar ao ar livre. Você põe madeira de pinho dentro de casa. Madeira de pinho é madeira para ambiente fechado. Isso aqui é madeira para ficar fora de casa. Agora me diga onde a cerca vai ficar.

BONO: Você não precisa dessa madeira. Você pode colocar madeira de pinho e a cerca vai ficar de pé enquanto você estiver vivo aqui olhando para ela.

TROY: Como você sabe quanto tempo vou ficar por aqui, crioulo? Inferno, eu poderia viver para sempre. Viver mais que o velho Horsely.

BONO: Isso é o que Magee costumava dizer.

TROY: Magee é um idiota. Agora você me diz quem você já ouviu falar de arrancar os próprios dentes com um alicate enferrujado?

BONO: O pessoal mais velho... meu avô costumava arrancar os dentes com alicate. Eles não tinham dentistas para gente de cor naquela época.

TROY: Pega alicate limpo! Você entende? Alicate limpo! Esterilize-o! Além disso, não vivemos naquela época. Tudo o que Magee tinha que fazer era ir até o Dr. Goldblum.

BONO: Eu vi você e aquela garota de Tallahassee... aquela Alberta... eu vi vocês dois se engraçando.

111

TROY: O que você quer dizer com "se engraçando"?

BONO: Eu vi você rindo e brincando com ela o tempo todo.

TROY: Eu rio e brinco com todo mundo, Bono. Você me conhece.

BONO: Não é desse tipo de rir e brincar de que estou falando.

(Cory entra vindo da casa).

CORY: Como vai, senhor Bono?

TROY: Cory? Pegue essa serra do Bono e corte um pouco de madeira. Ele fica falando que a madeira é muito difícil de cortar. Fique aí Jim, e deixe o garoto lhe mostrar como isso é feito.

BONO: Ele com certeza é bem-vindo.

(Cory pega a serra e começa a cortar a madeira).

BONO: Ulalá! Olha para isso. Rapaz grande e forte. Parece o Joe Louis. Inferno, fico velho só de assistir ao menino avançando sobre toda essa madeira.

CORY: Não vejo por que mamãe quer uma cerca ao redor do quintal, não mesmo.

TROY: O cacete se eu também consigo entender! O que diabos ela está protegendo com isso? Ela não tem nada que ninguém queira.

BONO: Algumas pessoas constroem cercas para manter as pessoas fora... e outras pessoas constroem cercas para manter as pessoas dentro. Rose pretende segurar vocês todos como uma família. Ela ama vocês.

TROY: Inferno, crioulo, não preciso que ninguém me diga que minha esposa me ama, Cory... vá em casa e veja se você consegue encontrar aquela outra serra.

CORY: Onde ela está?

TROY: Eu disse encontrar! Procure por ela até encontrar!

(Cory sai de cena para dentro da casa).

TROY: O que isso quer dizer? Quer nos segurar como uma família?

BONO: Troy... Conheço você como se estivesse perto de mim pela minha vida inteira. Você e Rose, os dois. Conheço vocês dois há muito tempo. Eu me lembro de quando você conheceu Rose. Quando você jogava beisebol lá no parque. Muitas daquelas garotas estavam atrás de você na época. Você podia escolher quem quisesse. Quando escolheu Rose, fiquei feliz por você. Essa foi a primeira vez que vi que você tinha algum juízo. Eu disse... Meu amigo Troy sabe o que está fazendo... Vou seguir esse crioulo... ele deve me levar para algum lugar. Tenho te seguido. Aprendi um monte de coisas sobre a vida te observando. Aprendi a dizer onde está a merda. Como separá-la da alfafa. Você me ensinou um monte de coisas. Você me mostrou como não cometer os mesmos erros... aceitar a vida como ela é e continuar a colocar um pé na frente do outro *(Pausa)*. Rose é uma boa mulher, Troy.

TROY: Inferno, crioulo, eu sei que ela é uma boa mulher. Estou casado com ela há 18 anos. O que você está pensando, Bono?

BONO: Apenas digo que ela é uma boa mulher. Assim como digo qualquer coisa. Não tenho que estar pensando em nada.

TROY: Você só vai dizer que ela é uma boa mulher e deixar a coisa no ar assim? Por que você está me dizendo que ela é uma boa mulher?

BONO: Ela te ama, Troy. Rose ama você.

TROY: Você está dizendo que eu não correspondo. É isso que você está tentando dizer. Que eu não estou à altura porque estou vendo essa outra garota. Eu sei o que você está tentando dizer.

BONO: Sei o que a Rose significa para você, Troy. Só estou tentando dizer que não quero ver você estragar tudo.

TROY: Sim, agradeço sua intenção, Bono. Se você não estivesse se comportando bem com a Lucille, eu lhe diria a mesma coisa.

BONO: Bem, isso é tudo o que eu tinha para falar. Só digo isso porque eu amo vocês dois.

TROY: Inferno, você me conhece... Eu não estava lá procurando nada. Você não pode encontrar uma mulher melhor do que Rose. Eu sei disso. Mas parece que essa mulher grudou em mim e eu não consigo fazê-la soltar. Lutei contra isso, tentei afastá-la de mim... mas ela ficou grudada com mais força. Agora ela está grudada para sempre.

BONO: Você está no controle... isso é o que você me diz o tempo todo. Você é responsável pelo que faz.

TROY: Não estou me escondendo da responsabilidade. Desde que pareça certo em meu coração... então, estou bem. Porque o coração é tudo ao que eu escuto. Ele vai me dizer o certo do errado todas as vezes. E não estou falando em fazer para Rose nada de ruim. Eu amo a Rose. Ela tem passado por muitas coisas comigo e eu a amo e a respeito por isso.

BONO: Sei que sim. É por isso que não quero ver você machucá-la. Mas o que você vai fazer quando ela descobrir? O que você vai ter, então? Se você tentar fazer malabarismo com as duas... cedo ou tarde vai deixar cair uma delas. Isso é o que diz o bom senso.

TROY: Sim, entendo o que você está dizendo, Bono. Estou tentando imaginar uma maneira de resolver isso.

BONO: Resolva direito, Troy. Eu não quero ficar me envolvendo nos negócios entre você e Rose... mas resolva isso para que dê certo.

TROY: Ah, inferno, eu me envolvo nos negócios entre você e Lucille. Quando você vai comprar para aquela mulher a geladeira que ela está querendo? Não me diga que você não tem nenhum dinheiro agora. Sei quem é o seu banqueiro. Mellon não precisa tanto daquele dinheiro quanto Lucille quer essa geladeira. Isso eu posso te dizer.

BONO: Vou te dizer o que vou fazer... quando você terminar de construir essa cerca para Rose... eu vou comprar aquela geladeira para Lucille.

TROY: Você vai se arrepender de ter dito isso!

(Troy pega uma tábua e começa a serrar. Bono começa a caminhar para fora do quintal).

TROY: Ei, crioulo... para onde você vai?

BONO: Vou para casa. Eu sei que você não espera que eu te ajude agora. Estou protegendo o meu dinheiro. Quero ver você erguer essa cerca sozinho. Isso é o que eu quero ver. Você vai ficar aqui outros seis meses sem mim.

TROY: Crioulo, isso não está certo.

BONO: Quando se trata do meu dinheiro... isso é tão certo quanto fogos de artifício no 4 de Julho[9].

TROY: Tudo bem, vamos ver agora. É melhor você pegar seu talão de cheques.

(Bono sai e Troy continua a trabalhar. Rose entra vindo da casa).

ROSE: O que eles dizem lá na delegacia? O que está acontecendo com Gabe?

TROY: Fui à delegacia e o tirei de lá. Custou U$ 50. Dizem que ele estava perturbando a paz. O juiz marcou uma audiência para ele em três semanas. Dizem para mostrar por que ele não deve ser considerado reincidente.

---

9 Nota do Tradutor: Dia da Independência dos Estados Unidos.

ROSE: O que ele estava fazendo para o prenderem?

TROY: Algumas crianças o provocaram e ele as expulsou de casa. Dizem que ele estava gritando e avançando. Algumas pessoas o viram e chamaram a polícia. Isso foi tudo.

ROSE: Bem, o que você disse? O que você falou para o juiz?

TROY: Disse que vou cuidar dele. Não fazia nenhum sentido considerá-lo reincidente. O juiz estendeu sua grande palma gordurosa e me disse para lhe dar U$ 50 e levá-lo para casa.

ROSE: Onde ele está agora? Para onde ele foi?

TROY: Foi tratar dos negócios dele. Ele não precisa de ninguém segurando sua mão.

ROSE: Bem, não sei. Parece que seria melhor para ele se o colocassem em um hospital. Sei o que você vai dizer. Mas é o que acho que seria melhor.

TROY: O homem teve sua vida arruinada lutando pelo quê? E eles querem pegá-lo e trancá-lo. Deixem que ele seja livre. Ele não incomoda ninguém.

ROSE: Bem, todo mundo tem sua própria forma de olhar para isso, eu acho. Entre e venha almoçar. Tem um pouco de feijão e broa de milho no forno, vem pegar algo para comer. Não faz sentido você se preocupar com o Gabe *(Vira para entrar em casa).*

TROY: Rose... tenho algo para te contar.

ROSE: Bem, dá um tempo.... espera até eu colocar essa comida na mesa.

TROY: Rose!

(Ela para e se vira).

TROY: Eu não sei como dizer isso *(Pausa).* Não consigo explicar de jeito nenhum. Apenas que cresce em você até ficar fora de controle. Começa como um pequeno arbusto... e a próxima coisa que você sabe é uma floresta inteira.

ROSE: Troy... o que você está falando?

TROY: Eu estou falando, mulher, me deixe falar. Estou tentando encontrar uma maneira de te contar... Vou ser papai. Vou ser pai de alguém.

ROSE: Troy... você não está me dizendo isso! Você vai ser... o quê?

TROY: Rose... agora... veja...

ROSE: Você está me dizendo que vai ser pai de alguém? Você está dizendo isso para a sua esposa?

(Gabriel entra vindo da rua. Ele carrega uma rosa na mão).

GABRIEL: Ei, Troy! Ei, Rose!

ROSE: Tenho que esperar 18 anos para ouvir algo assim.

GABRIEL: Ei, Rose... Tenho uma flor para você *(Entrega para ela)* É uma rosa. A mesma rosa, como você.

ROSE: Obrigado, Gabe.

GABRIEL: Troy, você não está bravo comigo, está? Aqueles homens maus vieram e me prenderam. Você não está bravo comigo, está?

TROY: Não, Gabe, não estou bravo com você.

ROSE: Dezoito anos e você me vem com isso.

GABRIEL: *(Tira uma moeda de 25 centavos do bolso).* Vê o que eu consegui? Consegui uma moeda novinha.

TROY: Rose... é que...

ROSE: Não há nada que você possa dizer, Troy. Não tem como explicar isso.

GABRIEL: O cara que me deu essa moeda tinha um montão delas. Vou guardar essa moeda até que ela pare de brilhar.

ROSE: Gabe, entra lá em casa. Tem melancia na geladeira. Vá lá e pegue um pedaço.

GABRIEL: Sabe, Rose... você sabe que eu estava caçando cães danados e homens maus vieram e me pegaram e me levaram embora. Troy me ajudou. Ele apareceu lá e disse que era melhor me deixarem ir antes que ele batesse em todos. Sim, ele fez isso!

ROSE: Vá lá e pegue um pedaço de melancia, Gabe. Os homens maus já se foram agora.

GABRIEL: Ok, Rose... vou pegar um pouco de melancia. Aquele tipo com listras.

(Gabriel sai de cena para dentro da casa).

ROSE: Por que, Troy? Por quê? Depois de todos esses anos vir arrastar isso para cima de mim agora. Não faz nenhum sentido em sua idade. Isso não me surpreenderia dez ou quinze anos atrás, mas não agora.

TROY: A idade não tem nada a ver com isso, Rose.

ROSE: Tentei ser tudo o que uma esposa deveria ser. Tudo o que uma esposa poderia ser. Estar casada por dezoito anos e viver para ver o dia em que você me conta que estava vendo outra mulher e fez um filho com ela. E você sabe que eu nunca quis nada de metade em minha família. Toda a minha família é metade. Todo mundo tinha pais e mães diferentes... minhas duas irmãs e meu irmão. Mal posso dizer quem é quem. Nunca posso sentar e falar sobre Papai e Mamãe. É o seu papai e sua mamãe e o meu papai e a minha mamãe...

TROY: Rose... pare com isso.

ROSE: Nunca quis isso para nenhum de meus filhos. E agora você quer arrastar o seu traseiro aqui e me dizer algo assim.

TROY: Você tinha que saber. É hora de você saber.

ROSE: Bem, não quero saber, droga!

TROY: Não posso simplesmente fazer isso desaparecer. Está feito agora. Não posso desejar que as circunstâncias da coisa sumam.

ROSE: E você não quer isso, também. Talvez você queira desejar que eu e meu menino sumamos. Talvez seja isso o que você quer? Bem, você não pode desejar que nós sumamos. Tenho dezoito anos de minha vida investidos em você. Você deveria ter ficado lá em cima na minha cama, onde é o seu lugar.

TROY: Rose... agora me escute... nós podemos tentar entender essa coisa. Nós podemos conversar sobre isso... chegar a um entendimento.

ROSE: De repente, agora é "nós". Onde estava o "nós" quando você andava por aí com uma mulher qualquer esquecida por Deus? "Nós" deveríamos ter chegado a um entendimento antes de você começar a fazer de si mesmo um maldito idiota. É tarde demais e completamente sem sentido tentar chegar a um entendimento comigo agora.

TROY: É que... ela me dá uma ideia diferente... uma compreensão diferente sobre mim mesmo. Consigo sair desta casa e ficar longe das pressões e problemas... ser um homem diferente. Não tenho que me perguntar como vou pagar as contas ou consertar o telhado. Posso ser apenas uma parte de mim mesmo que nunca fui.

ROSE: O que eu quero saber... é se você planeja continuar vendo ela. Isso é tudo que você pode me dizer.

TROY: Posso ficar na casa dela e rir. Você entende o que estou dizendo. Posso rir alto... e isso é bom. Alcança todo o meu ser, da cabeça aos pés *(Pausa)*. Rose, não posso desistir disso.

ROSE: Talvez você deva seguir em frente e ficar lá com ela... já que ela é uma mulher melhor do que eu.

TROY: Não se trata de ninguém ser uma mulher melhor ou não. Rose, você não tem culpa. Um homem não poderia pedir a nenhuma mulher para ser uma esposa melhor do que você tem sido. Sou o responsável por isso. Eu me prendi em um padrão tentando cuidar de vocês todos, e acabei me esquecendo de mim mesmo.

ROSE: Para que diabos eu estava aqui? Esse era o meu trabalho, não o de outra pessoa.

TROY: Rose, eu tentei toda a minha vida viver decentemente... viver uma vida limpa... dura... útil. Tentei ser um bom marido para você. De todas as formas que eu sabia. Talvez eu tenha vindo ao mundo pela porta de trás. Não sei. Mas... você nasce com dois arremessos não rebatidos antes de chegar à placa do rebatedor. Você tem que guardá-la com cuidado... sempre procurando pela bola curva no canto de dentro. Você não pode se dar ao luxo de deixar nenhuma passar por você. Você não pode se dar ao luxo de deixar passar uma bola. Se você for cair... você cai tentando rebater. Tudo se alinhou contra você. O que você vai fazer? Eu os enganei, Rose. Eu bati de leve na bola. Quando eu encontrei você e Cory e um trabalho um pouco decente... eu estava salvo. Nada podia me tocar. Eu não seria mais eliminado. Eu não voltaria para a penitenciária. Eu não ia ficar pelas ruas com uma garrafa de vinho. Eu estava salvo. Eu tinha uma família. Um trabalho. Eu não ia deixar passar a última rebatida. Eu estava na primeira base esperando que um dos rapazes rebatesse para eu avançar. Para me levar ao ponto de chegada para completar uma corrida.

ROSE: Você deveria ter ficado na minha cama, Troy.

TROY: Então, quando vi essa menina... ela firmou minha espinha dorsal. E fiquei pensando que se eu tentasse... talvez eu conseguisse roubar a segunda base. Você entende? Depois de dezoito anos eu queria roubar a segunda base.

ROSE: Você deveria ter me abraçado apertado. Você deveria ter me agarrado e segurado.

TROY: Fiquei na primeira base por dezoito anos e achei... bem, droga... avance!

ROSE: Não estamos falando de beisebol! Estamos falando sobre você indo para a cama com outra mulher... e depois trazer isso para casa, para mim. É disso que estamos falando. Não estamos falando de nenhum beisebol.

TROY: Rose, você não está me ouvindo. Estou tentando o melhor que posso para te explicar. Não é fácil para mim admitir que estive parado no mesmo lugar por dezoito anos.

ROSE: Eu fiquei com você! Eu estive bem aqui com você, Troy. Eu tenho uma vida também. Eu dei dezoito anos da minha vida para ficar no mesmo lugar com você. Você não acha que eu nunca quis outras coisas? Você não acha que eu tinha sonhos e esperanças? E a minha vida? E quanto a mim? Você acha que nunca passou pela minha cabeça querer conhecer outros homens? Que eu quisesse deitar em algum lugar e esquecer minhas responsabilidades? Que eu quisesse alguém para me fazer rir para que eu pudesse me sentir bem? Você não é o único que tem desejos e necessidades. Mas eu me mantive com você, Troy. Peguei todos os meus sentimentos, meus desejos e necessidades, meus sonhos... e os enterrei dentro de você. Plantei uma semente e observei e orei por ela. Plantei a mim mesma dentro de você e esperei florescer. E não precisei de dezoito anos para descobrir que o solo era duro e rochoso e a semente nunca ia florescer.

Mas fiquei com você, Troy. Eu te abracei mais apertado. Você era meu marido. Eu devia a você tudo o que eu tinha. Cada parte de mim que eu pudesse encontrar para te dar. E lá em cima naquele quarto... com a escuridão caindo sobre mim... eu dei tudo o que eu tinha para tentar apagar a dúvida de que você não era o melhor homem do mundo. E onde quer que você fosse... eu queria estar com você. Porque você era meu marido. Porque essa é a única maneira de eu sobreviver como sua esposa. Você sempre falando sobre o que você dá... e o que você não tem para dar. Mas você recebe também. Você recebe... e nem sequer sabe que alguém está dando!

(Rose se vira para entrar na casa. Troy agarra o braço dela).

TROY: Você diz que eu recebo e não dou!

ROSE: Troy! Você está me machucando.

TROY: Você diz que eu recebo e não dou.

ROSE: Troy... você está machucando o meu braço! Solte!

TROY: Eu te dei tudo o que eu tinha. Não diga essa mentira sobre mim.

ROSE: Troy!

TROY: Não diga essa mentira sobre mim!

(Cory entra vindo da casa).

CORY: Mãe!

ROSE: Troy, você está me machucando.

TROY: Não me fale sobre nenhum dar e receber.

(Cory chega por trás de Troy e o agarra. Troy, surpreso, perde o equilíbrio quando Cory dá um soco cruzado que o acerta no peito e o derruba. Troy fica atordoado, como Cory).

ROSE: Troy. Troy. Não!

(Troy fica de pé e inicia um movimento contra Cory).

ROSE: Troy... não. Por favor! Troy!

(Rose puxa Troy para segurá-lo. Troy se detém).

TROY: *(Para Cory).* Tudo bem. Este é o segundo arremesso perdido. Fique longe de mim, garoto. Não seja eliminado. Você está vivendo com a contagem completa. Não seja eliminado.

(Troy sai do quintal enquanto as luzes diminuem sobre a cena).

CENA 2

São seis meses depois, no início da tarde. Troy entra vindo da casa e começa a sair pelo quintal. Rose entra vindo da casa.

ROSE: Troy, eu quero falar com você.

TROY: De repente, depois de todo esse tempo, você quer falar comigo, hein? Você não está falando comigo há meses. Você não quis falar comigo ontem à noite. Você não quis nenhuma parte de mim ontem. O que você quer falar comigo agora?

ROSE: Amanhã é sexta-feira.

TROY: Eu sei que dia é amanhã. Você acha que eu não sei que amanhã é sexta-feira? Minha vida inteira eu não fiz nada além de ficar esperando a sexta-feira chegar e você vem me dizer que é sexta-feira.

ROSE: Eu quero saber se você volta para casa.

TROY: Eu sempre volto para casa, Rose. Você sabe disso. Nunca houve uma noite em que eu não voltasse para casa.

ROSE: Não é o que eu quero dizer... e você sabe disso. Eu quero saber se você está vindo direto para casa depois do trabalho.

TROY: Eu acho que vou descontar o meu cheque... divertir-me com os rapazes no Taylors'... talvez jogar uma partida de damas...

ROSE: Troy, eu não posso viver assim. Eu não vou viver assim. Você passa um tempo muito curto comigo. Já vai fazer seis meses agora que você não está voltando para casa.

TROY: Eu estou aqui todas as noites. Todas as noites do ano. Isso soma 365 dias.

ROSE: Eu quero que você volte para casa amanhã depois do trabalho.

TROY: Rose... eu não bagunço o meu pagamento. Você sabe disso agora. Pego meu pagamento e dou para você. Não tenho nenhum dinheiro a não ser o que você me dá de volta. Só quero ter um pouco de tempo para mim mesmo... um pouco de tempo para aproveitar a vida.

ROSE: E quanto a mim? Quando é o meu tempo para aproveitar a vida?

TROY: Eu não sei o que te dizer, Rose. Estou fazendo o melhor que posso.

ROSE: Você só vem para casa depois do trabalho o tempo suficiente para trocar suas roupas e correr para fora... e você chama isso de o melhor que pode fazer?

TROY: Estou indo para o hospital ver Alberta. Ela foi para o hospital esta tarde. Parece que pode ter o bebê antes. Não vou demorar muito.

ROSE: Bem, você deve saber. Eles foram até a senhora Pearl e pegaram Gabe hoje. Ela falou que você lhes disse para seguirem em frente e prendê-lo.

TROY: Eu nunca disse tal coisa. Quem te disse isso está contando uma mentira. Pearl não está fazendo nada mais do que contar uma grande e gorda mentira.

ROSE: Ela não teve que me contar. Eu li nos jornais.

TROY: Eu não lhes disse nada disso.

ROSE: Eu vi ali mesmo nos jornais.

TROY: O que está escrito, hein?

ROSE: Está escrito que você lhes disse para levá-lo.

TROY: Então eles inventaram tudo isso, do mesmo modo que inventam tudo. Não estou preocupado com o que escreveram no jornal.

ROSE: Diz que o governo envia parte da pensão de Gabe para o hospital e a outra parte para você.

TROY: Não tenho nada a ver com isso se é assim que funciona. Não fiz as regras de como isso funciona.

ROSE: Você fez com Gabe exatamente como fez com Cory. Você não quis assinar o papel para Cory... mas você assinou para Gabe. Você assinou aquele papel.

(O telefone toca dentro da casa).

TROY: Eu te disse que não assinei nada, mulher! A única coisa que assinei foi o formulário de soltura. Inferno, não consigo ler e não sei o que eles tinham naquele papel! Eu não assinei nada sobre levar Gabe.

ROSE: Eu disse para mandá-lo para o hospital... você disse para deixá-lo ser livre... agora você foi lá e assinou para ele ir para o hospital por metade do dinheiro dele. Você se voltou contra si mesmo, Troy. Você vai ter que responder por isso.

TROY: Veja... você esteve lá conversando com a senhora Pearl. Ela ficou louca porque não está recebendo o dinheiro do aluguel de Gabe. É disso que se trata. Ela pode falar o que quiser.

ROSE: Troy, vi onde você assinou o papel.

TROY: Você não viu nada que eu assinei. O que ela está fazendo com os papéis do meu irmão, afinal? A senhora Pearl está contando uma grande e gorda mentira. E vou dizer isso para ela também! Você não viu nada que eu assinei. Quer saber... você não viu nada que eu assinei.

(Rose entra em casa para atender ao telefone. Ela volta).

ROSE: Troy... era do hospital. Alberta teve o bebê.

TROY: O que ela teve? O que é?

ROSE: É uma menina.

TROY: É melhor eu ir até o hospital para vê-la.

ROSE: Troy...

TROY: Rose... Tenho que ir vê-la agora. Isso é o certo... qual o problema... o bebê está bem, não é?

ROSE: Alberta morreu tendo o bebê.

TROY: Morreu... você diz que ela está morta? Alberta está morta?

ROSE: Eles disseram que fizeram tudo o que podiam. Eles não puderam fazer nada por ela.

TROY: O bebê? Como está o bebê?

ROSE: Eles dizem que é saudável. Eu me pergunto quem vai enterrá-la.

TROY: Ela tinha família, Rose. Ela não vivia no mundo sozinha.

ROSE: Eu sei que ela não vivia no mundo sozinha.

TROY: A próxima coisa que você vai querer saber é se ela tinha algum seguro.

ROSE: Troy, você não precisa falar assim.

TROY: Esta é a primeira coisa que saiu de sua boca. "Quem vai enterrá-la?". Como se eu estivesse me preparando para assumir essa tarefa para mim.

ROSE: Eu sou sua esposa. Não me empurre.

TROY: Não estou empurrando ninguém. Apenas me dê um pouco de espaço. Isso é tudo.

Apenas me dê um pouco de espaço para respirar.

(Rose sai de cena para dentro da casa. Troy anda pelo quintal).

TROY: *(Com uma fúria silenciosa que ameaça consumi-lo).* Tudo bem... senhora Morte. Veja... vou dizer o que vou fazer. Vou pegar e construir uma cerca em torno deste quintal. Vê? Vou construir uma cerca em torno do que me pertence. E aí eu quero que você fique do outro lado. Vê? Você fica lá até que esteja pronta para mim. Aí, então, você vem. Traz seu exército. Traz sua foice. Traz suas roupas de luta. Não vou baixar a minha vigilância desta vez. Você não vai mais me pegar de surpresa. Quando você estiver pronta para mim... quando no topo de sua lista estiver escrito "Troy Maxson"... aí, então, você vem por aqui. Você aparece e bate na porta da frente. Ninguém mais tem nada a ver com isso. Isso é entre você e eu. Frente a frente. Você fica do outro lado desta cerca até estar pronta para mim. Aí, então, você aparece e bate na porta da frente. Quando você quiser. Eu estarei pronto para você.

(As luzes se apagam lentamente).

CENA 3

As luzes se acendem sobre a varanda. É tarde da noite três dias depois. Rose está sentada ouvindo o jogo de beisebol, esperando por Troy. O jogo acaba e Rose desliga o rádio. Troy entra no quintal trazendo um bebê enrolado em cobertores. Ele fica do lado de fora da casa e chama.

Rose entra e fica na varanda. Ocorre um longo e incômodo silêncio, cujo peso aumenta a cada segundo que passa.

    TROY: Rose... eu estou aqui com minha filha em meus braços. Ela não passa de uma linda coisa pequeninha. Ela não sabe nada sobre os problemas dos adultos. Ela é inocente... e ela não tem mãe.

ROSE: O que você está me dizendo, Troy?

(Ela se vira e vai para dentro da casa).

TROY: Bem... eu acho que vamos ficar aqui fora na varanda.

(Ele se senta na varanda. Há uma indelicadeza desastrada na forma como ele segura o bebê. Seus braços grandes engolfam e parecem engoli-la. Ele fala alto o bastante para Rose ouvir).

TROY: Um homem tem que fazer o que é certo para ele. Não lamento nada do que fiz. Pareceu ser a coisa certa em meu coração *(Para o bebê).* Por que você está sorrindo? Seu papai é um homem grande. Tem essas mãos muito grandes. Mas às vezes ele tem medo. E nesse momento o seu papai está com medo porque estamos sentados aqui fora e não temos casa. Ah, já fui sem-teto antes. Eu não tinha nenhum bebê pequeno comigo. Mas fui um sem-teto. Você fica lá fora na estrada com sua solidão e vê um desses trens vindo e você como que canta assim... *(Cantando uma canção de ninar)*:

Por favor, senhor Engenheiro, deixe um homem subir no vagão.

Por favor, senhor Engenheiro, deixe um homem subir no vagão.

Eu não tenho passagem, por favor, deixe-me subir no vagão de carga.

(Rose entra vindo da casa. Troy ouve seus passos por trás dele, levanta-se e olha firme para ela).

TROY: Ela é minha filha, Rose. Minha própria carne e sangue. Não posso rejeitá-la, tanto quanto não posso rejeitar os garotos *(Pausa)*. Você e os garotos são a minha família. Você e eles e essa criança são tudo o que eu tenho no mundo. Então, acho que o que estou dizendo é... eu agradeceria se você me ajudasse a cuidar dela.

ROSE: Ok, Troy... você está certo. Vou cuidar de seu bebê para você... porque... como você diz... ela é inocente... e você não pode jogar os pecados do pai sobre a criança. Uma criança sem mãe terá tempos difíceis *(Pega o bebê dele)*. A partir de agora... essa criança tem uma mãe. Mas você é um homem sem mulher.

(Rose se vira e vai para casa com o bebê. As luzes se apagam lentamente).

CENA 4

São dois meses depois. Lyons entra vindo da rua. Ele bate na porta e chama.

LYONS: Ei, Rose! *(Pausa)* Rose!

ROSE: *(De dentro da casa).* Pare com essa gritaria. Você vai acordar Raynell. Acabei de colocá-la para dormir.

LYONS: Só passei para pagar ao papai esses U$ 20 que devo a ele. Onde está o papai?

ROSE: Ele deve estar aqui em um minuto. Estou me aprontando para ir à igreja. Sente-se e espere por ele.

LYONS: Tenho que ir pegar Bonnie na casa da mãe dela.

ROSE: Bem, coloque lá em cima da mesa. Ele vai pegar.

LYONS: *(Entra na casa e coloca o dinheiro em cima da mesa).* Diga ao papai que eu disse obrigado. Te vejo mais tarde.

ROSE: Tudo bem, Lyons. Nos vemos depois.

(Lyons começa a sair quando Cory entra).

CORY: Ei, Lyons.

LYONS: Quais as novidades, Cory? Olha cara, me desculpa por ter perdido sua formatura. Você sabe que eu tinha um show e não podia sair. Caso contrário, eu estaria lá, cara. Então, o que você está fazendo?

CORY: Estou tentando encontrar um emprego.

LYONS: É, eu sei como é isso, cara. É difícil aqui fora. Os empregos são escassos.

CORY: É, eu sei.

LYONS: Olha aqui, eu tenho que correr. Fale com o papai... ele conhece algumas pessoas. Ele poderá ajudá-lo a conseguir um emprego. Fale com ele... veja o que ele diz.

CORY: Sim... tudo bem, Lyons.

LYONS: Se cuida. Falo com você depois. Vamos marcar um dia para conversar.

(Lyons sai do quintal. Cory vagueia até a árvore, pega o bastão e assume uma posição de rebatedor. Ele estuda um arremessador imaginário e balança o corpo. Insatisfeito com o resultado, ele tenta de novo. Troy entra. Eles se olham por um momento. Cory coloca o bastão no chão e sai do quintal. Troy começa a entrar em casa quando Rose sai com Raynell. Ela está carregando um bolo).

TROY: Eu entro e todo mundo sai.

ROSE: Estou levando esse bolo à igreja para a venda de bolos. Lyons passou para te ver. Ele passou para te pagar os U$ 20. Estão lá em cima da mesa.

TROY: *(Pondo a mão no bolso).* Bem... aqui vai este dinheiro.

ROSE: Coloca lá na mesa, Troy. Eu pego depois.

TROY: A que horas você vai voltar?

ROSE: Não tem por que você ficar me sondando. Não importa que horas eu vou voltar.

TROY: Eu só te fiz uma pergunta, mulher. Qual é o problema... não posso fazer uma pergunta?

ROSE: Troy, não quero entrar nisso. O seu jantar está lá no fogão. Tudo o que você tem que fazer é esquentá-lo. E não coma o resto dos bolos. Vou voltar para pegá-los. Vamos ter uma venda de bolos na igreja amanhã.

(Rose sai do quintal. Troy senta-se nos degraus, tira uma garrafa de cerveja do bolso, abre e bebe. Ele começa a cantar):

TROY: Ouça o badalo! Ouça o badalo!

Eu tinha um cão velho, seu nome era Blue.

Você sabe que Blue era muito fiel.

Você sabe que Blue era um bom cão.

Blue encurralava um gambá em um tronco oco.

Você sabe por isso que ele era um bom cão.

(Bono entra no quintal).

BONO: Ei, Troy.

TROY: Ei, o que acontece, Bono?

BONO: Só pensei em passar por aqui para te ver.

TROY: Por que você veio passar por aqui para me ver? Faz tempo que você não passa por aqui.

Inferno, devo estar te devendo dinheiro ou algo assim.

BONO: Desde que você teve a sua promoção não te vejo mais. Costumava te ver todos os dias. Agora nem mesmo sei em que trajeto você está trabalhando.

TROY: Eles ficam me mudando o tempo todo. Agora me colocaram em Greentree... carregando o lixo dos brancos.

BONO: Greentree, hein? Você tem sorte, pelo menos não tem que ficar levantando aqueles barris. Os malditos estão cada vez mais pesados. Vou trabalhar mais dois anos e peço demissão.

TROY: Estou pensando em me aposentar.

BONO: Para você ficou fácil. Você pode dirigir por mais cinco anos.

TROY: Não é a mesma coisa, Bono. Não é como trabalhar na traseira do caminhão. Não tem ninguém com quem conversar... parece que você trabalha sozinho. Não, estou pensando em me aposentar. Como está Lucille?

BONO: Ela está bem. Sua artrite ataca às vezes. Eu vi Rose no caminho. Ela foi para a igreja, né?

TROY: Foi sim. Todos esses pregadores procurando alguém para engordar seus bolsos *(Pausa)*. Tenho um pouco de gin aqui.

BONO: Não, obrigado. Só passei pra dizer oi.

TROY: Diacho, crioulo... você pode tomar uma bebida. Nunca vi você dizer não a uma bebida. Você não tem que trabalhar amanhã.

BONO: Só dei uma passada. Estou me preparando para ir até o Skinner. Temos um jogo de dominó rolando na casa dele todas as sextas-feiras.

TROY: Crioulo, você não pode jogar dominó coisa nenhuma. Eu costumava ganhar direto de você quatro jogos em cinco.

BONO: Bem, isso me ensinou. Estou melhorando.

TROY: Sim? Bem, então está certo.

BONO: Olha aqui... eu tenho que ir. Venha nos visitar um dia, hein?

TROY: Sim, farei isso, Bono. Lucille disse a Rose que você comprou uma geladeira nova para ela.

BONO: Sim, Rose disse a Lucille que você finalmente construiu sua cerca... então achei que deveria pagar a aposta que fizemos.

TROY: Eu sabia que você faria isso.

BONO: Sim... tudo bem. A gente se fala.

TROY: Sim, se cuida, Bono. Bom te ver. Qualquer dia passo lá.

BONO: Sim. Está bem, Troy.

(Bono sai. Troy bebe da garrafa).

TROY: O velho Blue morreu e eu cavei sua sepultura.

Enterrei-o com uma corrente dourada.

Toda noite quando ouço o velho Blue latir.

Eu sei que Blue encurralou um gambá na Arca de Noé.

Ouça o badalo! Ouça o badalo!

(Cory entra no quintal. Cory e Troy se encaram por um momento. Cory vai em direção a Troy, que está sentado no meio dos degraus).

CORY: Eu tenho que passar.

TROY: Disse o quê? O que você disse?

CORY: Você está no caminho. Tenho que passar.

TROY: Você tem que passar para onde? Esta é minha casa. Comprei e paguei por ela. Integralmente. Levei quinze anos. E se você quer ir para a minha casa e eu estou sentado nos degraus... você pede licença. Como sua mãe te ensinou.

CORY: Qual é, pai?... Eu tenho que passar.

(Cory começa a manobrar para passar por Troy. Troy agarra sua perna e o empurra de volta).

TROY: Você quer passar por cima de mim?

CORY: Eu moro aqui também!

TROY: *(Avançando em direção a ele).* Você quer passar por cima de mim em minha própria casa?

CORY: Eu não tenho medo de você.

TROY: Eu não pedi para você ter medo de mim. Eu perguntei se você estava se preparando para passar por cima de mim em minha própria casa. Esta é a questão. Você não vai pedir licença? Você vai simplesmente passar por cima de mim?

CORY: Se você quer colocar desta forma.

TROY: Como eu deveria colocar?

CORY: Eu estava passando por você para entrar em casa porque você está sentado nos degraus bêbado, cantando para si mesmo. Você pode colocar desta forma.

TROY: Sem pedir licença? *(Cory não responde).* Eu lhe fiz uma pergunta. Sem pedir licença?

CORY: Eu não tenho que pedir licença para você. Você não conta mais por aqui.

TROY: Ah, entendo... eu não conto mais por aqui. Você não tem que pedir licença para o seu pai. De repente você ficou tão crescido que seu pai não conta mais por aqui... Por aqui, em sua própria casa e quintal que ele pagou com o suor de sua testa. Você cresceu tanto que agora quer assumir. Quer assumir minha casa. É isso mesmo? Você vai usar minhas calças. Você vai entrar lá e se esticar em minha cama. Você não tem que pedir licença porque eu não conto mais por aqui. É isso mesmo?

CORY: É isso aí. Você sempre falando essas coisas idiotas. Agora, por que você simplesmente não sai do meu caminho?

TROY: Imagino que você tem um lugar para dormir e algo para colocar em sua barriga. Você tem, hein? Você tem? Isso é o que você precisa. Você tem, hein?

CORY: Você não sabe o que eu tenho. Você não precisa se preocupar com o que eu tenho.

TROY: Você está certo! Você está 100% certo! Passei os últimos dezessete anos me preocupando com o que você tem. Agora é a sua vez, viu? Vou te dizer o que fazer. Você cresceu... isso nós já estabelecemos. Você é um homem. Agora, vamos ver você agir como um. Dê meia volta e saia deste quintal. E quando chegar lá no beco... você pode esquecer desta casa. Vê? Porque esta é a minha casa. Você vá em frente e seja um homem e consiga a sua própria casa. Você pode esquecer essa aqui. Porque esta é minha. Você vá e consiga a sua porque me enchi de fazer isso por você.

CORY: Você fica falando sobre o que fez para mim... o que é que você me deu algum dia?

TROY: Esses pés e ossos! Esse coração batendo, crioulo! Eu te dou mais do que qualquer outra pessoa algum dia vai te dar.

CORY: Você nunca me deu nada! Você nunca fez nada a não ser se colocar no meu caminho. Com medo de que eu fosse melhor do que você. Tudo o que você sempre fez foi tentar fazer com que eu tivesse medo de você. Eu costumava tremer toda vez que você chamava meu nome. Toda vez que eu ouvia seus passos na casa. Perguntando o tempo todo para mim mesmo... o que o pai vai dizer se eu fizer isso?... O que ele vai dizer se eu fizer aquilo?... O que papai vai dizer se eu ligar o rádio? E mamãe também... ela tenta... mas ela tem medo de você.

TROY: Você deixa sua mãe fora disso. Ela não tem nada a ver com isso.

CORY: Eu não sei como ela te aguenta... depois do que você fez com ela.

TROY: Eu disse para deixar sua mãe fora disso! *(Avança em direção a Cory).*

CORY: O que você vai fazer... vai me bater? Você não pode me bater mais. Você está velho demais. Você é apenas um velho.

TROY: *(Empurra Cory pelo ombro).* Crioulo! Isso é o que você é! Você é apenas mais um negro da rua para mim!

CORY: Você é louco, sabia?

TROY: Vai embora agora! Você tem o demônio em você. Afaste-se de mim!

CORY: Você é apenas um velho louco... falando que eu tenho o diabo em mim.

TROY: É, eu sou louco! Se você não for para o outro lado desse quintal... vou te mostrar o quanto eu sou louco! Vá embora... dê o fora do meu quintal.

CORY: Não é o seu quintal. Você pegou o dinheiro do tio Gabe que ele recebeu do exército para comprar esta casa e depois você o colocou para fora.

TROY: *(Avança sobre Cory)*. Tire o seu traseiro preto do meu quintal!

(O avanço de Troy coloca Cory contra a árvore. Cory agarra o bastão).

CORY: Não vou a lugar nenhum! Vem... me põe para fora! Não tenho medo de você.

TROY: Esse é o meu bastão!

CORY: Vem!

TROY: Abaixe o meu bastão!

CORY: Vem, me põe para fora.

(Cory movimenta o bastão na direção de Troy, que recua pelo quintal).

CORY: Qual é o problema? Você é tão mau... me põe para fora!

(Troy avança sobre Cory, que recua).

CORY: Vem! Vem!

TROY: Você vai ter que usá-lo! Você vai ter que me bater com esse bastão... você vai ter que usá-lo.

CORY: Vem!... Vem!

(Cory movimenta o bastão contra Troy uma segunda vez. Ele erra. Troy continua a avançar em direção a ele).

TROY: Você vai ter que me matar! Você vai ter que me bater com esse bastão. Você vai ter que me matar.

(Cory recua até a árvore, não pode ir mais para trás. Troy o provoca. Ele estica a cabeça e oferece como alvo).

TROY: Vem! Vem!

(Cory não consegue golpear com o bastão. Troy o agarra).

TROY: Então, vou te mostrar.

(Cory e Troy lutam pelo bastão. A luta é feroz, com os dois atracados. No fim, Troy é o mais forte, tira o bastão de Cory e fica de frente a ele pronto para bater. Ele para).

TROY: Saia e fique longe da minha casa.

(Cory, ferido pela derrota, levanta-se, caminha lentamente para fora do quintal e sai pelo beco).

CORY: Diga a mamãe que eu volto para pegar as minhas coisas *(Sai)*.

TROY: Elas estarão do outro lado desta cerca.

Eu não sinto o gosto de nada. Aleluia! Eu não sinto mais o gosto de nada *(Assume uma postura de rebatedor e começa a provocar a Morte, a bola rápida no canto de fora)*. Vem! É entre você e eu agora! Vem! Quando você quiser! Vem! Eu estarei pronto para você... mas eu não vou ser fácil.

(As luzes diminuem sobre a cena).

CENA 5

O ano é 1965. As luzes se acendem no quintal. É a manhã do funeral de Troy. Uma placa fúnebre com uma luz está pendurada junto à porta. Há um pequeno jardim do lado de fora, na lateral. Há barulho e atividade dentro da casa enquanto Rose, Gabriel, Lyons e Bono se reúnem. A porta se abre e Raynell, com sete anos de idade, entra vestida com uma camisola de flanela. Ela atravessa o jardim e fica cutucando o chão com um pau. Rose a chama da casa.

ROSE: Raynell!

RAYNELL: Mãe?

ROSE: O que você está fazendo lá fora?

RAYNELL: Nada.

(Rose chega à porta de tela).

ROSE: Menina, entra aqui e se vista. O que você está fazendo?

RAYNELL: Vendo se o meu jardim cresceu.

ROSE: Eu te disse que não cresce de um dia para o outro. Você tem que esperar.

RAYNELL: Parece que nunca vai crescer. Droga!

ROSE: Eu te disse que se você ficar olhando o tempo todo parece que nunca cresce. Entre aqui e se veste.

RAYNELL: Isso nem mesmo é uma horta, mamãe.

ROSE: Você tem que dar uma chance. Vai crescer. Agora vem para cá e faz o que eu te disse. Nós temos que nos aprontar. Esta não é nenhuma manhã para ficar brincando por aí. Está me ouvindo?

RAYNELL: Sim, mãe.

(Rose sai de cena para dentro da casa. Raynell continua a cutucar seu jardim com um pau. Cory entra. Ele está vestido com um uniforme de cabo da marinha, e carrega um saco de lona. Sua postura é a

de um militar e sua fala tem um tom duro e entrecortado).

CORY: *(Para Raynell).* Oi *(Pausa).* Aposto que seu nome é Raynell.

RAYNELL: Ahã.

CORY: Sua mãe está em casa?

(Raynell corre até a varanda e chama através da porta de tela):

RAYNELL: Mãe... tem um homem aqui fora. Mãe?

(Rose chega à porta de tela).

ROSE: Cory? Senhor tenha piedade! Olhem aqui, todos vocês!

(Rose e Cory se abraçam cheios de lágrimas enquanto Bono e Lyons entram vindos da casa vestidos com roupas fúnebres).

BONO: Ah, olha para cá...

ROSE: Cresceu e virou um adulto!

CORY: Não chore, mamãe. Por que você está chorando?

ROSE: É que estou muito feliz por você ter conseguido.

CORY: Ei, Lyons. Como vai, senhor Bono?

(Lyons abraça Cory).

LYONS: Olhe para você, cara. Olhe para você. Ele não parece bem, Rose? Tem divisas de cabo.

ROSE: Por que você demorou tanto?

CORY: Você sabe como os fuzileiros são, mãe. Eles precisam ter toda a papelada em ordem antes de deixar você fazer qualquer coisa.

ROSE: Bem, estou muito feliz por você ter conseguido. Eles deixaram o Lyons vir. O seu tio Gabe ainda está no hospital. Eles ainda não sabem se vão deixá-lo sair ou não. Acabei de falar com eles alguns minutos atrás.

LYONS: Um cabo dos fuzileiros dos Estados Unidos.

BONO: Seu pai sabia que você tinha isso em você. Ele costumava me dizer o tempo todo.

LYONS: Ele não parece bem, Bono?

BONO: Parece sim, ele me lembra Troy quando eu o conheci *(Pausa)*. Olha, Rose, Lucille está lá na igreja com o coro. Vou até lá organizar os carregadores do caixão e volto para pegar todos vocês.

ROSE: Obrigado, Jim.

CORY: Até já, senhor Bono.

(Bono sai).

LYONS: *(Com seu braço em volta de Raynell).* Cory... olhe para Raynell. Ela não é uma graça? Ela vai partir muitos corações.

ROSE: Raynell, venha e diga oi para o seu irmão. Esse é o seu irmão, Cory. Você se lembra de Cory?

RAYNELL: Não, mãe.

CORY: Ela não se lembra de mim, mamãe.

ROSE: Bem, a gente fala sobre você. Ela já nos ouviu falando sobre você *(Para Raynell).* Esse é o seu irmão Cory. Venha e diga olá.

RAYNELL: Oi.

CORY: Oi. Então você é Raynell. Mamãe me falou muito sobre você.

ROSE: Venham todos para dentro de casa e me deixem preparar um pouco de café da manhã. Para mantê-los fortes.

CORY: Não estou com fome, mamãe.

LYONS: Você pode me preparar algo, Rose. Estarei lá em um minuto.

ROSE: Cory, tem certeza que não quer nada? Sei que não estão te alimentando direito.

CORY: Não, mamãe... obrigado. Não tenho vontade de comer. Pego alguma coisa depois.

ROSE: Raynell... vá lá em cima e coloque aquele vestido como eu te disse.

(Rose e Raynell saem de cena para dentro da casa).

LYONS: Então... eu ouvi que você está pensando em se casar.

CORY: É, eu encontrei a pessoa certa, Lyons. Está na hora.

LYONS: Eu e Bonnie nos separamos faz quase quatro anos agora. Na época em que papai se aposentou. Acho que ela acabou se cansando de todas aquelas mudanças pelas quais eu a fazia passar *(Pausa)*. Eu sempre soube que você ia fazer algo por si mesmo. Sua cabeça estava sempre na direção certa. Então... você vai ficar... fazer uma carreira... servir por vinte anos?

CORY: Eu não sei. Já tenho seis, acho que isso é o suficiente.

LYONS: Fique com o Tio Sam e se aposente cedo. Não há nada aqui. Acho que Rose te contou o que aconteceu comigo. Eles me levaram para a prisão. Eu achei que estava sendo esperto descontando cheques de outras pessoas.

CORY: Quanto tempo você pegou?

LYONS: Eles me deram três anos. Tenho que cumprir essa pena agora. Só faltam nove meses. Não é tão ruim. Você aprende a lidar com isso como qualquer outra coisa. Você tem que pegar as tortuosas junto com as retas. Isso era o que papai costumava dizer. Ele costumava dizer isso quando rebatia para fora do campo. Eu o vi rebater para fora três vezes em seguida... e na vez seguinte ele rebateu a bola por cima da arquibancada. Bem ali em Homestead Field. Ele não ficava satisfeito em rebater na direção das cadeiras... ele queria bater por cima de tudo! Depois do jogo tinha 200 pessoas por ali esperando para apertar sua mão. Você tem que pegar as tortuosas junto com as retas. Sim, papai era demais.

CORY: Você continua tocando?

LYONS: Cory... você sabe que eu vou fazer isso. Eu e alguns camaradas lá na detenção formamos uma banda... vamos tentar ficar juntos quando sairmos... mas, sim, ainda estou tocando. Isso ainda me ajuda a levantar da cama de manhã. Enquanto isso acontecer, eu estarei lá tocando e tentando algo que faça sentido.

ROSE: *(Chamando)*. Lyons, tenho uns ovos na frigideira.

LYONS: Deixe-me ir lá e pegar esses ovos, cara. Preparar-me para enterrar papai *(Pausa)*. Como você está? Está tudo bem?

(Cory acena afirmativamente com a cabeça. Lyons toca no ombro dele e eles compartilham um momento de pesar silencioso. Lyons sai de cena para dentro da casa. Cory vagueia pelo quintal. Raynell entra).

RAYNELL: Oi.

CORY: Oi.

RAYNELL: Você costumava dormir em meu quarto?

CORY: Sim... lá costumava ser meu quarto.

RAYNELL: É assim que o papai o chamava. "Quarto do Cory". Lá tem o seu futebol no armário.

(Rose chega à porta de tela).

ROSE: Raynell, entra aqui e calce os sapatos bons.

RAYNELL: Mamãe, eu não posso usar esses? Aqueles machucam meus pés.

ROSE: Bem, eles só vão machucar os seus pés por um tempo. Você não disse que eles machucam os seus pés quando foi na loja e os pegou.

RAYNELL: Lá eles não machucaram. Meus pés ficaram maiores.

ROSE: Não me dê nenhuma resposta malcriada agora. Você entra lá e calce os sapatos.

(Raynell sai de cena para dentro da casa).

ROSE: Não mudou muita coisa. Ele ainda tinha aquele pedaço de pano amarrado na árvore. Ele estava aqui fora balançando aquele bastão. Eu estava entrando em casa. Ele balançou aquele bastão e bateu na bola e, então, simplesmente caiu. Parece que balançou o bastão e ficou ali com esse sorriso em seu rosto... e, então, simplesmente caiu. Eles o levaram para o hospital, mas eu sabia que não havia necessidade... Por que você não entra em casa?

CORY: Mamãe... tenho uma coisa para te dizer. Não sei como te dizer isso... mas tenho que te dizer... não vou ao funeral do papai.

ROSE: Menino, cale a boca. É de seu pai que você está falando. Não quero ouvir esse tipo de conversa esta manhã. Eu te criei para chegar a isso? Você parado aí todo saudável e crescido e falando que não vai ao funeral de seu pai?

CORY: Mamãe... ouve...

ROSE: Não quero ouvir isso, Cory. Você tira esse pensamento da sua cabeça.

CORY: Não posso arrastar papai comigo aonde quer que eu vá. Tenho que dizer não a ele. Uma vez na vida, eu tenho que dizer não.

ROSE: Ninguém tem que ouvir nada disso. Sei que você e seu pai não se bicavam, mas não tenho que ouvir esse tipo de conversa esta manhã. Seja o que for que tenha acontecido entre você e seu pai... chegou a hora de pôr isso de lado. Pegue isso e coloque ali na prateleira e esquece. Desrespeitar o seu pai não vai fazer de você um homem, Cory. Você tem que encontrar uma maneira de resolver isso por conta própria. Não ir ao funeral do seu pai não vai fazer de você um homem.

CORY: O tempo todo em que eu estava crescendo... vivendo na casa dele... papai era como uma sombra que seguia você por toda a parte. Isso pesava sobre você e afundava em sua carne. Isso se enrolava ao redor de você e ficava ali até que você não pudesse mais dizer qual deles era você. Aquela sombra escavando sua carne. Tentando se arrastar para dentro. Tentando viver através de você. Em todos os lugares que eu olhava, Troy Maxson estava me observando... escondido debaixo da cama... no armário. Só estou dizendo que tenho que encontrar uma maneira de me livrar dessa sombra, mamãe.

ROSE: Você é exatamente como ele. Você o tem bem dentro de você.

CORY: Não me diga isso, mamãe.

ROSE: Você é Troy Maxson tudo de novo.

CORY: Não quero ser Troy Maxson. Quero ser eu.

ROSE: Você não pode ser ninguém além de quem você é, Cory. Esta sombra não era nada além de você se transformando em você mesmo. Você tinha que se transformar nela ou cortá-la para caber em você. Mas isso é tudo o que você tinha para construir a sua vida. Era tudo o que você tinha para enfrentar o mundo lá fora. Seu pai queria que você fosse tudo aquilo que ele não era... e ao mesmo tempo ele tentou fazer de você tudo o que ele era. Não sei se ele estava certo ou errado... mas sei que ele pretendeu fazer mais bem do que pretendeu fazer mal. Ele não estava sempre certo. Às vezes quando ele tocava, ele machucava. E às vezes, quando ele me pegava em seus braços, ele feria.

Quando conheci o seu pai, logo pensei, "Aqui está um homem com quem eu posso me deitar e fazer um bebê". Esta foi a primeira coisa que pensei quando o vi. Eu estava com 30 anos e já tinha tudo meu quinhão de homens. Mas quando ele caminhou até mim e disse, "Eu posso dançar uma valsa que vai te deixar tonta", eu pensei, "Rose Lee, aqui está um homem com quem você pode se abrir e ser preenchida até arrebentar. Aqui está um homem que pode preencher todos aqueles espaços vazios que você só vinha tocando pelas beiradas". Um desses espaços vazios era ser mãe de alguém.

Eu me casei com seu pai e me acostumei a preparar seu jantar e a manter lençóis limpos na cama. Quando seu pai andava pela casa, ele era tão grande que a preenchia. Esse foi meu primeiro erro. Não o forçar a deixar algum espaço para mim. Para a minha parte nesse casamento. Mas naquela época eu queria isso. Eu queria uma casa na qual eu pudesse cantar. E foi isso que o seu pai me deu. Eu não sabia que para manter a força dele eu teria que ceder pequenos pedaços da minha. Eu fiz isso. Eu assumi a vida dele como minha e misturei os pedaços de modo que você quase não poderia mais dizer qual era qual. Foi minha escolha. Era a minha vida e eu não tinha que a ter vivido assim. Mas isso é o que a vida me ofereceu como forma de ser uma mulher e eu peguei. Agarrei isso com as duas mãos.

Quando Raynell entrou em casa, eu e seu pai tínhamos perdido o contato um com o outro. Eu não queria obter a minha bênção a partir da desgraça de ninguém... mas eu peguei Raynell como se ela fosse todos aqueles bebês que eu quis e nunca tive *(O telefone toca)*. Como se eu tivesse sido abençoada para reviver uma parte da minha vida. E se o Senhor achar conveniente manter as minhas forças... farei a ela exatamente o mesmo que seu pai fez a você... vou dar a ela o que de melhor há em mim.

RAYNELL: *(Entrando ainda com seus sapatos velhos)*. Mamãe... O Reverendo Tolliver no telefone.

(Rose sai de cena para dentro da casa).

RAYNELL: Oi.

CORY: Oi.

RAYNELL: Você está no Exército ou na Marinha?

CORY: Marinha.

RAYNELL: Papai disse que você estava no Exército. Você conheceu Blue?

CORY: Blue? Quem é Blue?

RAYNELL: O cachorro do papai que ele cantava o tempo todo.

CORY: *(Cantando)*. Ouça o badalo! Ouça o badalo!

Eu tinha um cão, seu nome era Blue.

Você sabe que Blue era muito fiel.

Você sabe que Blue era um bom cão.

Blue encurralava um gambá em um tronco oco.

Você sabe por isso que ele era um bom cão.

Ouça o badalo! Ouça o badalo!

(Raynell canta junto).

CORY E RAYNELL:

Blue encurralou um gambá em um tronco.

Blue olhou para mim e eu olhei para ele.

Pegou aquele gambá e colocou-o em um saco.

Blue ficou lá até eu voltar.

As patas do velho Blue eram grandes e redondas.

Nunca permitiu que um gambá tocasse o chão.

O velho Blue morreu e eu cavei o seu túmulo.

Eu cavei o seu túmulo com uma pá prateada.

Enterrei-o com uma corrente dourada.

E todas as noites eu chamo seu nome.

Vamos lá Blue, você é um bom cão você.

Vamos lá Blue, você é um bom cão você.

RAYNELL: Blue deitou-se e morreu como um homem.

Blue deitou-se e morreu...

CORY E RAYNELL: Blue deitou-se e morreu como um homem.

Agora ele encurrala gambás na Terra Prometida.

Eu vou contar isso para deixar você saber.

Blue foi para onde os bons cães vão.

Quando ouço o Velho Blue latir.

Quando ouço o Velho Blue latir.

Blue encurralou um gambá na Arca de Noé.

Blue encurralou um gambá na Arca de Noé.

(Rose chega à porta de tela).

ROSE: Cory, vamos ficar prontos em um minuto.

CORY: *(Para Raynell)*. Você entra em casa e troca os sapatos como a mamãe disse para podermos ir ao funeral do papai.

RAYNELL: Certo, eu já volto.

(Raynell sai de cena para dentro da casa. Cory se levanta e atravessa o quintal até a árvore. Rose fica na porta de tela observando-o. Gabriel entra vindo do beco).

GABRIEL: *(Chamando)*. Ei, Rose!

ROSE: Gabe?

GABRIEL: Estou aqui, Rose. Ei, Rose, estou aqui!

(Rose entra vindo da casa).

ROSE: Senhor... Olha aqui, Lyons!

LYONS: *(Entra vindo da casa)*. Vê, eu te disse, Rose... eu te disse que o deixariam vir.

CORY: Como você está, tio Gabe?

LYONS: Como vai, tio Gabe?

GABRIEL: Ei, Rose. Está na hora. Está na hora de dizer a São Pedro para abrir os Portões. Troy, você está pronto? Você está pronto, Troy. Vou dizer para São Pedro abrir os Portões. Você está pronto agora.

(Gabriel, com grande alarde, se prepara para soprar. A trombeta está sem um bocal. Ele sopra com grande força, como um homem que tem esperado uns vinte e poucos anos por este momento único. Nenhum som sai da trombeta. Ele se prepara e sopra novamente com o mesmo resultado. Uma terceira vez ele sopra. Há um peso de descrição impossível que cai e o deixa nu e exposto a uma percepção terrível. É um trauma que uma mente normal e sadia seria incapaz de suportar. Ele começa a dançar. Uma dança lenta e estranha, misteriosa e cheia de vida. Uma dança de característica atávica e ritual. Lyons tenta abraçá-lo. Gabriel empurra Lyons. Gabriel começa a uivar no que é uma tentativa de canção,

ou talvez uma canção voltando-se para dentro de si mesma em uma tentativa de fala. Ele termina sua dança e os Portões do Céu se abrem tão amplamente quanto o gabinete de Deus).

Assim é a vida!

(Apagam-se as luzes).

FIM DA PEÇA

AUGUST WILSON
27 DE ABRIL DE 1945
2 DE OUTUBRO DE 2005

August Wilson escreveu *Gem of the Ocean, Joe Turner's Come and Gone, Ma Rainey's Black Bottom, The Piano Lesson, Seven Guitars,* **UM LIMITE ENTRE NÓS,** *Two Trains Running, Jitney, King Hedley II* e *Radio Golf.* Essas obras exploram a herança e a experiência dos afroamericanos, década a década, ao longo do século XX[10]. As peças do senhor Wilson foram produzidas em teatros regionais por todo o país, na Broadway e em todo o mundo. Em 2003, o senhor Wilson fez sua estreia profissional no palco em seu show solo *How I Learned What I Learned.*

---

10 Nota da Editora: Totalizando dez peças, o conjunto forma *O Ciclo do Século August Wilson.*

A obra do senhor Wilson ganhou muitos prêmios, incluindo o Pulitzer por **UM LIMITE ENTRE NÓS** (1987) e *The Piano Lesson* (1990); um Tony por **UM LIMITE ENTRE NÓS**; o Olivier da Grã-Bretanha por *Jitney*; e cinco prêmios do Círculo de Críticos de Arte Dramática de Nova York por *Ma Rainey's Black Bottom,* **UM LIMITE ENTRE NÓS**, *Joe Turner's Come and Gone, The Piano Lesson, Two Trains Running, Seven Guitars, Jitney* e *Radio Golf.* Além disso, a gravação do elenco de *Ma Rainey's Black Bottom* recebeu um prêmio Grammy em 1985, e o senhor Wilson recebeu uma nomeação para o Emmy em 1995 por sua adaptação para o cinema da peça *The Piano Lesson.* As primeiras obras do senhor Wilson incluem as peças de um ato: *The Janitor, Recycle, The Coldest Day of the Year, Malcolm X, The Homecoming* e a sátira musical *Black Bart and the Sacred Hills.*

O senhor Wilson recebeu muitas bolsas e prêmios, incluindo as bolsas Rockfeller e Guggenheim em dramaturgia, o prêmio Whiting Writers e o prêmio Heinz de 2003. Ele foi agraciado pelo Presidente dos Estados Unidos com a Medalha Nacional de Humanidades em 1999, recebeu inúmeros diplomas honorários de faculdades e universidades, bem como o único diploma de ensino médio já emitido pela Carnegie Library de Pittsburgh.

Ele foi um aluno do New Dramatists, membro da Academia Norte-Americana de Artes e Ciências, empossado em 1995 na Academia Norte-Americana de Artes e Letras e, em 16 de outubro de 2005, a Broadway renomeou o teatro localizado em West 52nd Street, 245 como: The August Wilson Theatre. Em 2007, foi postumamente indicado para o Theater Hall of Fame.

O senhor Wilson nasceu e cresceu em Hill District de Pittsburgh, e vivia em Seattle quando de sua morte. Deixou duas filhas, Sakina Ansari e Azula Carmen Wilson, e a esposa, a figurinista Constanza Romero.

Este livro foi impresso pela Assahi Gráfica em papel norbrite 66,6 g/m².